U0668477

大自在

黄永武 著

九州出版社
JIUZHOUPRESS

图书在版编目（CIP）数据

大自在 / 黄永武著. -- 北京 ：九州出版社，
2023.11
ISBN 978-7-5225-2377-4

Ⅰ．①大… Ⅱ．①黄… Ⅲ．①散文集－中国－当代
Ⅳ．①I267

中国国家版本馆CIP数据核字(2023)第204123号

i.中文简体字版©2022年由九州出版社在中国大陆地区出版，不
得于台湾、香港、澳门及其他海外地区销售贩卖。

ii.本书由洪范书店有限公司正式授权，经由CA-LINK International
LIC代理，九州出版社出版中文简体字版本。非经书面同意，不得以
任何形式任意重制、转载。

大自在

作　　者	黄永武　著
责任编辑	高美平
出版发行	九州出版社
地　　址	北京市西城区阜外大街甲 35 号 (100037)
发行电话	(010)68992190/3/5/6
网　　址	www.jiuzhoupress.com
印　　刷	北京盛通印刷股份有限公司
开　　本	880 毫米 ×1230 毫米　32 开
印　　张	5.875
字　　数	93 千字
版　　次	2024 年 3 月第 1 版
印　　次	2024 年 3 月第 1 次印刷
书　　号	ISBN 978-7-5225-2377-4
定　　价	45.00 元

★版权所有　侵权必究★

目　录

辑一

审美的眼光

　　一个人懂不懂得生活，有没有艺术气息，其实决定于这个人懂不懂得用审美眼光来观照生活。

　　譬如，自然界的美是如此丰富，就看你会不会静观细赏。你如果到溪头竹林去玩，一上山，就连山都不见了，只见山化成满天的竹子；一入竹林，就连天也不见了，只见天化成满山的绿意。有人试着用笔写下来："上山不见山，山化一天竹。入竹不见天，天化一山绿……"在这鉴赏或创作的过程中，一点没有望竹子想吃笋的食欲，也没有在竹林深处买栋别墅的野心，完全排除了功利的念头，纯然为一片绿色美景所感动，这就是审美观照的愉快，也就是艺术的生活。

　　又譬如，在秋天观赏落叶，看一张黄叶要离开树的时候，整棵树上千百张黄叶都起了哀戚的共鸣，舍不得，舍不得，可是在树上发出奇响的叶子，到坠落于地面时，就一点声息也没了。舍不得又如何呢？把这种美的震撼写下来："一叶欲辞树，百叶相随鸣。在树动奇响，至地全无声。"（释明涧诗）也许可以想树是故乡吧，在故乡受到呵护珍惜如宝的，到他乡就贱如泥了吧。也许可以想：分手时凄凄惨惨的，事后不也就无声无息了吗？也许可以想：凡春风吹你生的，秋风就会吹你掉落，如何能空无所有，才不受繁荣之喜，也不受凋残之悲。不论怎样想，都纯粹是观赏的精神满足，和一切实用的目的无关，这就叫作审美的眼光。

　　连生活中的丑，一旦化为审美的艺术观照，也将是美的。譬如，车子飙行时，尘土飞扬，当然是丑景，但诗人会想到，同样是地上的土，一样的质料，却有不同的飞沉际遇，沉下的是泥污，飞上的却成了尘昏，尘昏杳杳地向空中无边无际地扩散，啊！这尘昏乃是自古以来散不尽的游子魂啊！这一声"游子魂"的惊心呼叫，使混合着车声废气令人窒息的灰土，也变得好美好美！

　　审美眼光，当然也可以看社会人事。譬如说去寻访一位高僧，想向他请教疑问。寻访三次，都遇不着，期待落空，本来是够懊恼的。再算一算所耗的车资，所浪费的时间，乃至亟待解答的疑团，了无进展，自然更懊恼。但如果有一个人，另具只眼，不以功利得失看事物，他想到连访三次遇不到，也等于高僧在亲自向他说法，指点迷津，告诉他：不但闻是空，其实见亦是空。如此一想，忽然领悟：不曾相逢，其实已经是相逢了；不曾解答，其实已经是解答了。用超出功利的审美眼光来看事物，三访不遇，其实也很美。"不相逢处已相逢"，能将懊恼转化成美感，这人就充盈着艺术的气质。

生活中的贫老愁病、流窜贬谪，是人生的缺憾，是不美的遭遇，但一写入诗文中，都变成了美。为什么呢？因为诗文中的经验，并不像实物机件的使用说明书，其中并不牵连任何实际的利害关系。在写诗读诗的时刻，用的是一种超脱的眼光，将世俗得失变得微不足道。譬如有人写道："我有破书难补，僧有破庙难修。世界从来缺陷，曰儒曰道同流。"（周与香诗）我穷得只有残书，没钱补全，和尚穷得只有破庙，没钱重建，两人的穷原来是一种必然的典型，因为世界的大规则就是缺陷，分什么我是儒家你是佛家呢！共同归入这缺陷观的典型规则，在贫穷中也互相赞叹起来，其中绝没有半点化缘募款的功利念头，纯属审美的观照，穷不穷早就不在乎了。

古人说："眼高无俗物,心冷即名山。"眼高,就看作审美的眼光吧,在审美的观照下,能转化俗物为艺术美景;心冷,就看作超越功利吧,有了超越功利的审美观,立身处处都像名山一般美雅了。

现实与审美

　　有位教陶渊明诗文的先生，正在解说脱出尘网的快乐、卸下职务的愉悦，说三径既荒，而松菊犹存，荒径也可爱，松菊更是美。讲着讲着，有位学生忍不住举手发问说："如果人人卸下职务不干，唱一声'归去来'，那么世界上的事谁去做呢？"

　　学生的话，自然有理，但教师也有他的看法，他说：佛陀把人世看作"火宅"，叫人最好出家，你也会担心"如果人人出家，人类不是绝种了吗？"事实上，三千年来佛教传遍了全世界，人口反由几千万增加为六十亿。据专家估计，至下世纪末，人口将狂增至两千亿以上。所以佛陀尽管强调出家的好处，"人会绝种"的担心未必就发生；陶渊明尽管将桃花源、五柳先生写得美极，千年来红尘里依旧热闹滚滚。西方人说"把叫花子扶上马，他就永远不想下来"，其实何必叫花子，让做官的上了马，一任再任，个个意犹未尽，谁肯下马凉快呢？所以世间的职事，并不会没人做的。

依我看，师生两者是站在不同的层次上对话，陶渊明说的是一种审美的经验，而质疑者提出的是一种现实功利的经验。功利世界中的是非、穷达、美丑、大小，并不同于审美观照下的高尚恬美，审美是必须超越现实利害的，如将它们混在一起，用功利去衡量审美，才会发生如此的疑问。

举一个生活中的例子，例如溜冰吧。学习溜冰的过程中，有人摔伤腿骨，有人跌掉门牙，最起码也得人仰马翻，来几次"狗吃屎"的扑跌，在现实是不好受的。屡次地摔倒，不断地勤练，到了有一天在冰上滑行自如，再来回想这段学习的过程，那时与现实有了些距离，用超脱现实利害的眼光来回顾，顺利与平稳，反而淡而无味，受伤与流血，反而最有谈兴。因为现实中的痛感，这时已转变为审美中的快感，现实中愈痛苦，审美中便愈快慰，痛苦经验一旦成为遥远的客观的观照的对象时，"不幸事件"涌生出来的可能全是美感了。

大文豪萧伯纳是否善于溜冰，我不知道。他是以更客观的审美态度，将生活中的痛感导引向艺术中的痛感，领悟出人生的大道理。他说："不出点洋相，就学不会溜冰，人生的冰可滑着呢！"把人的一生看成一大片冰原，人人在上面无助地滑溜，一切技巧全凭自己去摸索体会，一切伤痛全凭自己去领略承当，若没有几回四脚朝天的撞扑经验，还叫什么人生呢？在他审美的观照下，摔跤也正是人生美景了。

再举一个艺术世界中的例子，例如《水浒传》吧。有人将文学看作达到政教目的之工具，所以批评写潘金莲是诲淫，写宋江是诲盗，更有认为少年郎不适宜看《水浒传》的。有人将文学看作行善积德的工具，所以认为施耐庵家里三代遗传哑巴，是造物者对他的惩罚。这些人都抱着现实功利的想法。

宋江等三十六个淮南强盗，在河朔一带横行，杀人放火，在现实世界是一种丑、一种痛，但到了龚圣予替他们作赞，周密将它写入《癸辛杂识》，就是以面对历史故事的怀古心情去看他们，将宋江等人摆在一段现实距离之外，丑中有了美感，痛中有了快感。至元人将宋江事迹演为《水浒传》，已完全跳出社会现实利害的批判，不从政治教育的立场出发，只着重在文艺性格的刻画。在审美世界中，强盗竟产生了英雄式的崇高感。

　　审美与现实，各有不同的天地。明朝末年，宦官阉党，把东林讲学的君子如邹元标、顾宪成、叶向高等，一个个套上《水浒传》的外号，叫什么智多星、花和尚、豹子头，称为"点将录"，指为造反的山东妖贼，想一一杀掉。将审美的快感又回到现实斗争的痛丑里去，将现实与审美搞混，这种现实的罪过不是审美的文艺本身该负责的。

美的追寻

人生在世，终其一生，只在追寻美罢了。有人追寻美酒美色，衣食光鲜；有人追寻金权财势，气派排场。当然，那些东西，都能成为感官的享乐，引来生理的快感，也是属于美，只是美得太唯物、太低级罢了。

美的范畴应该很宽广，很超脱，大致上分为天地自然之美、文化艺术之美，还有人伦社会之美。

天地的自然美，是要靠具备审美的意识才美的，星月、山河、风雨、花鸟，样样是美不胜收地罗映在眼前的。美永不缺乏，缺乏的是审美的意识。在动物眼中，自然未必美，连在俗人眼中也未必美。必须是精神生活愈丰富的人，才愈有发现美的能力。愈有人性的感动力，才愈能去享受自然界生命跃动的曼妙境界。对一个缺少爱的心灵，连夕阳都像流血垂死的眼睛。不喜悦，不爱好，再美的景象也不具有意义了。

自然美之中，人体的美最引人注目，令人惊喜。因它十分匀称、稳定、健美、神采，最具性格，最易激发柔情，即使人体赤裸着也具有繁富的意义。然而人体若只具外在美，只能养眼，还须有内在美，才足以动魂。外在美若不与品格才智相配合，那就只美得像一只宠物，徒有悦目的外表。中国人主张淑女要"窈窕"，内心美是窈，外表美是窕，两者配合，才成为淑女。

文化的艺术美，是要培养鉴赏能力才更美的。文学、绘画、音乐、建筑、工艺，虽然都模仿自然，亦经过大匠心灵的孕育与再生，将美集中起来，更鲜明地表现出来。期使在尺幅之中，顷刻之内，展现无限纷繁的形式内容，并将自身的性格映示无遗，让我们在瞻仰这美的艺术创作时，总是收获到无比的快慰。

我们追寻文化艺术的美，是要陶冶成自己温文细致的性格，所以《雪莱传》中说，接触诗歌的最大效益是"赋爱情以人性"，奥维德也说，接触广博的艺术，其功能在于"使人的性格充满人情味"。试想一个只知道憎恨、嫉妒、斗争的人，对别人的精神世界漠不关心，对一切生命不尊重，对美好的东西任意践踏破坏，他绝无高尚的美感，其生活充满了兽性，就没有一天能过和谐的生活。

所以对自然美或艺术美的追寻，最后都得归结到人伦的社会美上来。高尚的美感离不开健康、道德与关怀。不健康、不道德、不关怀，也就无从美起了。高尔基曾说："流氓是一种丧失社会感情的人物。"对人伦社会叛逆蛮横，践踏人性，轻蔑人情，才沦为丑陋堕落的流氓，是社会人群的渣滓，也是最不美的社会角落。

追寻人伦社会的美，有十条原则：

出类拔萃即是美——出类拔萃是十足地健全、不断地提升，当然是美。

和谐即是美——容忍与和蔼会化成力量，带来和谐欢乐，笑就是美。

宁静即是美——抖落蜗角蝇头的纷纷扰扰，静趣便成了美趣。

贞洁庄重即是美——只有贞洁庄重才能步上最高的修养。

爱即是美——恨是丑的陷阱，避开恨才有美。

追求光明即是美——修养就是追求光明的表现，光明本身最美。

单纯朴素实在即是美——单纯最接近真实，最动人心的是老老实实，有什么比天真质朴更好呢？

令人难忘即是美——美中的不足最令人怀念，缺陷之所以美，在令人对圆满的嗟叹难忘。

适当即是美——放错了地方，做过了头，善也变成恶，如何能美？

物欲私念愈少便愈美——接受恩惠，餍足需求，暗藏玄机，都会出卖心灵的自由，所以私欲愈少就愈自由，愈美。

美化心灵

要美化心灵，读诗是最佳的途径之一。

读诗常借给我们一双飞翔的翅膀，让我们超凡脱俗，居高临下，鸟瞰人世。像读"家无半亩忧天下，胸有千秋愧此生"，眼界奇大，一看就是上千年，心胸恢宏，一心只在忧天下。即使自己连半亩田地都没有，一生连一官半职都无成，然而那高尚的情操，超越现实，俯视一切，仍给人莫大的鼓舞。

读诗常让我们与大诗人伟大的灵魂相接触，感受那种巨人的气魄。像读到苏东坡的《次韵江晦叔》诗："浮云时事改，孤月此心明。"久贬岭外，一朝归来，时势及人事都改变得像浮云般快速，独有我不变的心灵，像孤月般光明，风雨既过，浪涛莫惊，依然是巨眼卓识，烛照当空。这种襟抱，给人很大的震撼。雨果说："诗是从英雄主义中诞生的。"那么，读诗者感染些英雄主义，也自然能自尊自重。

读诗让我们从平凡生活中，也产生追逐理想美的强烈意愿，激起莫之能御的神奇力量。像读"七步以来谁抗手？六经而外此传书"，说白写《七步诗》的曹植以来，谁能抗手相争。所写的作品，是六经以外，永垂不朽的传世之作。这诗在赞扬别人，也是在期勉自己，让我们感受到，诗人们在求"立命永生"时的坚毅态度，成为光辉的榜样。法人赛克认为"诗歌是献身者的语言"，诗人献身的激情像一团火，引发读者内心的燃烧奋起。

读诗让人学会真诚以待。诗，大抵是诗人最真诚的心声。如果写一首诗，目的只在讽刺谩骂别人，含沙射影，那是十分卑鄙的"下三滥"诗人，为文坛所不齿的。好诗都该以肺腑之言写成，才动人以情。像发榜落第时写"也应有泪流知己，只觉无颜对俗人""愁看童仆凄凉色，怕读亲朋慰藉书"，俗人只对眼前的成败下截然的判断，亲朋的爱心慰藉教人更无颜回报，是落第者最怕面对的。诗中不伪饰、不怨愤、不诡辩，完全真诚面对生活，诗才有血有肉。

　　读诗能激起感情的力量，将理性意识转化为感性，让我们重新认识世界。像梅花谢了，要结梅豆，这是理性的认知，但诗人在"落梅"时联想为"美人已嫁莫相思"的感性世界。像众花飘零，春去夏来，这是理性的认知，但诗人联想为"逐客春深尽族行"，纷繁的落英，竟像一个大家族结队受到放逐的狼狈场面。花开花谢，不只是物质大地的季节推移，乃是一个充满多情泪光的感性世界，足以升华我们的欲望，激发我们的同情心。

　　读诗的时候，人与自然俱化，人化物，物化人，人与自然成为"同声相应"的和声关系，在静观默察下，万物都绚丽非常。像"蝶来风有致，人去月无聊"，有蝶的日子，风也馨香得好有兴致，无人的时分，月也孤独得毫无意趣。又像"水浅搁舟沙怒语，山弯转舵月回眸"，搁浅的船旁，沙潮在发怒般地对话，舵随着山转，月亮也跟着走过回眸一笑。想象的世界里，何等有情！有了情，才有美，才谈得上懂得生活。

　　读诗的时候，猛然领悟到：人与人原来是息息相通、痛痒一体的。看到燕子来筑巢，诗人说"生成薄命是依人"，不仅在说燕子，也同时说出了人的命运。不仅道出了你我的悲哀，也同时道出了天下多少人的悲哀。上苑乔林，没机缘达到，只能在低俗人家的屋檐下求个栖息，这是市井小民人人心头的隐痛。一句"生成薄命是依人"的诗，足以引发普遍的共鸣，在共同的命运下，洒下互道珍重之泪。人与人，谁说不应该相互慰藉、相互关切呢？还忍心相互践踏、相互报复吗？

欣赏生活

　　台北市的高中语文教师，在一项研讨文学欣赏教学的集会中，指定要我作专题演讲，我觉得文学是生活的写照，懂得欣赏生活，自然能欣赏文学，所以我提出"欣赏生活"的观念来共勉，加强幽默感与敏感性，来培养学生美的感受力。

　　"生活"要怎样来欣赏？可以借助前人颖悟的智慧，与自己的观察，许多的美就在你的四周，兹将前人颖悟的生活中的美，分三方面来欣赏：

　　第一是注意大自然中的美：

　　就山来说，远的山适宜秋天看，斑斑斓斓；近的山适宜春天看，百花争媸。高的山适宜有积雪，平的山适宜有明月。一样是山，你能分辨它的美有何不同吗？

就自然景物来说，春天好美的是雪，夏天好美的是云，秋天好美的是明月，冬天好美的是太阳，暑天喜的是风，夜晚喜的是雨，你细辨过这情趣吗？

一样是树，村子里上百的树最适合入诗；山上亿万的树最适合入画；院子里二三株树最适合入词。有格局大小意味刚柔的区别吗？为什么呢？

树木里面，高高的柳适合配上鸣蝉，低低的花适合配上蝴蝶，曲曲的小径适合配上细竹，浅浅的水滩适合配上芦苇。为什么天心与物理的自然配合，十分顺当而正合我意呢？假如蝴蝶飞到柳树顶，鸣蝉却在矮花上，就不是那么合意吧？

有人说：春天的花，落时是一瓣一瓣飘零的；秋天的花，是整朵整朵萎谢的。你观察过落花的姿势吗？

水果里面，你想过红得最美的是樱桃吗？匀圆欲破，玲珑得引起你的怜惜之心！黄得最美的是金橘吗？橙黄的厚厚的皮，黄得你两颊先紧张起来！翠得最美的是梅子吗？翠碧得直透到梅核，引起涎水直垂！紫得最美的是葡萄吗？紫得近于墨色，那成熟的滋味好浓好醇！千百样珍果异卉在你四周竞艳斗丽，来一次选美，荔枝的香味与饱满，甜度与汁水，一定会艳压群芳吧？你可曾品头论足一番，还是视若无睹呢？

第二次是注意日常起居的美：

睡眠是人生一大享受，但是很多人却睡不着睡不好。睡眠时一定先让"心"睡，然后再是"眼"睡。当你失眠的晚上，留意究竟是什么不让"心"先睡呢，是一条烦恼毒蛇盘踞在心里做窝了！怎样引蛇出洞去，蛇出去后便能睡了！这种佛经里对失眠的观察，也是很美的。

又譬如，光阴总是在无声无息地消逝，当你学会了恬静，日子就长起来；当你追逐忙碌，日子就短起来；当你一发愤读书，才觉得往日太荒唐而现在太可珍惜了！一样的日子，美的感受完全不同。

第三是注意友情亲情的美：

每晚寻一二件可嬉笑的事，在晚餐前后，让全家大笑三声，把一天的劳顿烦忧全部赶走，家里就供奉这个"欢喜神"吧，多美！

把巴结权贵的心意与时间，拿来与妻子儿女同乐，把供奉鬼神仙佛的敬意与财物，拿来与活着的朋友或父母同乐，在你伸手可及的地方，就建成一块富贵安乐的净土，那多美！

　　家庭是讲情的地方，不是论理的所在，一论理就有是非，就伤感情。只谈情，一切包容，才会和悦，才会趣味横生，才美！

再谈欣赏生活

有人觉得生活平淡乏味，有人觉得生活就是物质刺激，更有人觉得生活的品质高低就是消费的高低。其实启迪学生对生活中美的感受，又何曾必需金钱物品呢？生活的"美"以外，还有人生哲思的"真"，以及中国心灵的"善"。教学生先在生活中领略这真善美，然后再欣赏文学。

欣赏生活里的"美"，放目宇宙，美是无处不在的。譬如你望见了山，可曾想过山的四季有什么不同的表情？大画家恽寿平就发现：春天的山，嫩叶娇花像在痴笑；夏天的山，叶茂林静像在愠怒；秋天的山，半紫半黄像刚化妆；冬天的山，泉枯木秃像在睡觉。所以山虽不能说话，画家却用笔替山说了话。用这种生活里的观察，应用到去读马致远的《题西湖》："四时湖水镜无瑕，布江山自然如画。"这湖镜中照出来的"江山"，原来四季有"如笑如怒如妆如睡"的表情，在有限的、刻板的、无情的实景里，赋以无限变化而生动的表情，逐季换景，天趣无穷，那么所谓"山景本无价"的夸张，才有了令人信服的美感。

再则，欣赏生活里的"普遍真理"。这也是日常生活的左右，随处可以触发的人生哲思。譬如说，你发现容易开关的门户，方便于出入，就不便于储藏珠宝了。紧密狭小的窗子，方便于隆冬御寒，就不便于盛暑的酷热了。人生万事，总是有得有失，难以两全其美的。又譬如你明白：昙花的奇香，妙处就在子夜里一段倏忽的因缘；云彩的灿丽，妙处就在不肯成形地停驻，世上美丽的尤物都是短暂而无法掌握的。把这两个"事难两全""美不长生"的普遍真理，应用到读李商隐的"夕阳无限好，只是近黄昏"上，说他是在眷恋晚年"光景可爱"也罢，说他是在惋叹唐朝"盛极将衰"也罢，斜晖绚烂，无奈黄昏，李诗中的含意正可以和"美难两全及长久"的生活琐事相印证，这体味才更深长。

此外，欣赏生活里的"中国心灵"。稍稍留神一下，生活里随处都表现民族的性格，这是广义的"善"。譬如李白诗"郎骑竹马来，绕床弄青梅"，这"竹马青梅"是中国味特重的儿童游戏，引申为极可亲昵的儿时情谊；杜甫诗"夜雨剪春韭，新炊间黄粱"，这"春韭黄粱"是中国味特重的家常食品。从物品上也可以窥见中国心灵的趣味，我们可以拈出来特别欣赏，或与西洋生活作比较。

至于高中课本里无意中所选出来的诗，几乎篇篇是日暮黄昏的景象，如王维的"渡头余落日"，李白的"落日故人情"，杜甫的"江东日暮云"，崔颢的"日暮乡关何处是"，都在歌颂暮霭沉沉。要不然就是月明的夜晚，如孟浩然的"月照一孤舟"，沈佺期的"更教明月照流黄"，白居易的"明月好同三径夜"，几乎读不到朝气蓬勃的旭日，也读不到如日中天的开张生命力。这个古老的中国是如此地爱阴柔、喜恬淡，这固然是中国心灵特有的民族气质，在欣赏之余，也给我们无限的省思吧？

如何欣赏生活

自从《欣赏生活》一文发表以来，各地反应不少，都希望我除了说明"生活中有哪些美"之外，能进一步说说"如何才能欣赏生活中的美"。

人生来对美的感受都很灵敏，可惜到了某一个年纪，心灵就关闭了，一切以"智识"为主，视万物为"当然"，而美的敏感性也就完全迟钝。老于世故的人，只听见推销煤气炉的在说："这火多美！"听见卖猪肉的在说："今天的肉真美！"只剩这些商业性功利性的美了。

想要维持生活中对美的敏感，大体上可用三种方式。

第一是多用"比较"的方法。

譬如欣赏花木的美：枝条当数杨柳为最美；枝与叶并妙的当数松树为最美；花与叶并妙的当数水仙为最美；花与果并妙的当数梅为最美；而枝叶花果全妙的当数莲为最美！

莲花在水面上，平衡而对称。大花大叶的比例很调和，红花绿叶色彩对比得极明艳，莲房莲子排列得秩序井然，也很美，莲藕长短比例有层递的节奏感，从根茎到花果，一一比赛，莲得到十项全能的冠军了！花开莲现，花落莲成，出于污泥，且化污秽为圣洁，每一个阶段都是美，难怪佛教要选莲花作为净土的象征了。

第二是多用"联想"的方法。

譬如明朝人对宠物的欣赏，把畜养的猫取以美丽的名字，把猫的美与唤起愉悦之情的事物或风景，联结在一起，把纯白的猫叫"一块玉"，把黄尾白身的猫叫"金钩挂玉瓶"，把身黑而腹白的猫叫"乌云罩雪"……让联想发挥作用，使眼前平凡的形形色色，相伴着许多惬意而有趣的感觉，因而丰富了生活的美。

又如，中国人把"采莲曲"作为爱情民谣的总汇，莲是"怜爱"，莲子是"怜爱你"，莲藕是"爱的配偶"，莲子心中的苦涩是"爱的滋味"，独枝莲是"独自怜"，不采莲是"不睬不怜"……借着同音双关的联想，莲竟是爱的化身，莲也成了中国最美的爱情花了。

第三是多用"距离"的方法。

本来，凡事物有高量的圆满性，才有高量的美。但在物我间保留一段距离的时候，多用审美观赏的态度面对生活，则连悲惨苍凉的事物，也可能变成美的！

譬如清人薛甲说他平生受益于三位朋友，一位是"贫"，一位是"病"，还有一位是"患难"。贫教会他"节用"，病教会他"保身"，患难教会他"处世"。自来的学者，如没有这三位美好的朋友，很难会有成就。薛甲换一种态度看人生，由于"距离"的介入，摆脱日常经验中的实用性，弃绝现实的利害，把贫病患难作为静观的对象，发现了这反常的启示，这种启示，也彰著了人生的美。

欣赏生活欣赏诗

　　许多人都羡慕诗一样的生活，觉得生活里缺少了诗意，就像世界上没有花月与美人，就黯然无光，不愿再生于这个世界了。

　　生活里的诗意，凡有灵根的人，原本是触处皆是的。可惜随着世故的日深、矫情的造作、荣利的追逐、现实的物化，把心头那份灵根日日斫丧无余，反倒埋怨起来：诗有个屁用！

　　在这物欲横流的社会上，有心人已经喊出"用美来拯救这个世界"的口号，那么生活中诗意的拈出，恢复些一尘未染的初心，寻回生命源头的那点活水，使闭塞的五官万窍，有一个活泼清冷的端倪来欣赏生活，是十分重要的。

欣赏诗意，先从欣赏生活着手。

生活中有自然的美：店舍无烟，美；关山有月，美；白鸥江上，美；梨花满地，当然更美。你欣赏过山的美吗？为什么：山高峻了才美，山远离了城市才美，山孕含着森林才美，山有了流泉才美，山有了寺观才美，山有了云雾才美，山有了樵夫牧童唱一声更美？

生活中又有人情的美：绿笺红豆，美；青眼相看，也美；室家嬉乐，很美；别凤离鸾，更是美！即使说"柔肠一寸，七分是恨，三分是泪"，哪一样不是美？

生活中又有许多人生的哲思，有待发掘。譬如白居易说："大抵好物不坚牢，彩云易碎琉璃脆。"美的短暂性，乃是人生普遍的通则。世界是缺陷的，如何以"圆满"的人心，来让"缺陷"的世界圆满起来，不要被"缺陷"的世界，将"圆满"的心也缺陷掉？这种善性的维护与努力，也是一种美。

又如龚定盦说："落红不是无情物，化作春泥更护花。"落花可能也是一种"缺陷"，乐观一些看，这种"缺陷"却带来下一次的更圆满！"落红"也可以代表失败、挫折，这些逆境在有志气的人看来，何尝不是下一次成功的发祥地！落花变成护花的肥料，轮回消长，竟让下一花季更璀璨明丽了！

生活中又有许多民族特有的性格、特有的神话与梦境，可供欣赏。譬如说桃花吧，你要如何欣赏呢？桃花可以是陷入色情的桃花江，也可以是超出物欲的桃花源。纵欲与绝欲，竟都隐寓在桃花里面！大画家恽寿平的题画诗道："寻幽别有云深处，不种桃花误世人。"收敛尽虚矫的浮气，不作绚烂的挑逗炫惑，心清意洁，这座心灵的桃花源可也真迷人！

又譬如明月里的嫦娥，你要怎样面对她？她是超世的代表，也是孤寂的化身。原来可羡慕的人、可爱的人，常是世上最可怜的人！恽寿平也有诗说："只因未识嫦娥恨，犹向人间说广寒。"向人吹嘘月亮广寒宫里是如何美好的人，都是不曾深刻体会嫦娥内心世界的怨恨者。嫦娥其实离我们不远，就在生活左右也有她的影子。当你愈往上爬，爬到愈高愈冷处，你就会体会到嫦娥的心境了。生活里一样有神话，你能说不美吗？

生活真奇妙

　　许多人把生活当作"过日子"，一天挨过一天，一年老过一年。其中有人忧忧急急地度小月，有人浑浑噩噩地沉迷于牌局酒池，有人则一直在问："活着有什么意义？"平淡得快发疯了！

　　要使生活有意义，首先得防止生活僵化成"例行琐事"。例如吃东西，绝不可变成例行地填饱肚子，吃什么都不知滋味。每天鲜艳香甜的水果，像在你眼前举行赛美大会，从造型到色香味，你动心欣赏过还是视若无睹？我读到明代谢肇淛的《红云约》里介绍一个"餐荔会"，会中规定吃荔枝的方法道：在初上市时，荔枝新香可爱，不要嫌它味酸，且来珍惜胜会的开始！盛产时，荔枝色艳照座，不要忌它性热，且来饱享这行乐的情趣！下市时，荔枝残红可惜，不要厌它冷落，且来完成这赏心的美事！单单是吃荔枝一件事，趣味就如此繁多，那尝新、满市、惜剩，滋味竟大不相同，更何况产地有别，品种不同，村落家藏与市售的滋味也往往有异。真羡慕这批荔枝同好如此留心生活中的情趣，能细细品味一蔬一果，生活自然奇妙起来。

要使生活有意义，必须重视"内心生活"甚于"外在环境"。薄福的人，内心无法宁静，不是疑惑，就是忧惧，即使有富丽的外在环境也不能享用。而有福的人，内在和谐，心中不起贪妄嗔痴的风雷波涛，处处是明山秀水，事事是人间奇福。春天坐在杨柳风前，看蔷薇滴下露水来；夏天望着天边的火云变幻，品尝那浮瓜沉李；秋天走到红叶林间，听几声樵歌；冬天围炉煨芋，和朋友观摩一下武术。这样的生活，不需要金屋香车，不需要浮名荣利，只需要保持一颗懂得"会趣"的心。一沙一世界，一叶一如来，即使在盆池拳石之间，也能领会出五湖烟月的趣味，生活怎能不奇妙？

要使生活有意义，必须要确立生活的方向，才会有趣。清楚自己在怎样生活，把生活的意义从日子里"活"出来，这样的人，活得愈久，人生也愈美。生活的方向，当然是以

"增进全体人类生活"为大目标，至少，不做社会潮流里的一个浮沤，随着狂澜盲目漂泊。就我而言，我的生活方向就在爱好文学。生活有没有意义，不决定于职位的高低，不决定于收入的多寡，也不决定于群众的多少，而全在于有没有认真生活，从生活学识中提炼出好的作品来，对人类的生活有所助益。生活方向既已确定，就该懂得"去累、省事、收心"，不让无谓的是非、应酬、欲望践踏有限的生命，而要在爽静的思考与领会中，让佳思奔涌，一时霁月光风，鸢飞鱼跃，乐境真无限量，内在一丰富，生活就无不奇妙起来了。

生活品位

　　生活品位是许多人在追求，却很难具体说明的东西。光是穿戴名牌衣帽，驾驶名牌轿车，狂饮名牌洋酒，凡事赶时髦流行的雅痞族，如果动作轻薄、谈吐低俗，充其量只是纨绔子弟，何来生活品位？

　　生活品位不只是供人观赏的外在的美，而要有深沉的内涵。生活品位的高贵与低俗，要看具有何种质量，而不是看拥有多少财富。

　　我在西方的超级市场里，看见青色与黄色甜椒，每磅0.99元，红色甜椒则每磅4.99元。过了几天，红色甜椒也售0.99元，而黄色甜椒忽然升为4.99元。价格如此悬殊地变化，会有人买那4.99元的甜椒吗？令我这台湾来的土包子，一脑子迷惑。后来才明白，各色色拉拼盘中，有时必须有红色、黄色来点缀，仅为点缀，西方人仅买一只黄红椒而已，所以出售价格必须昂贵。如果依我在台湾生活的观点，认为甜椒不分青黄红，滋味都相同，何必执着，那品位就没了！要进化到懂得冷盘中色彩所必需的意义，由意义而产生价值，而肯掏出高价的腰包，这就是生活品位。这品位并非来自高价，而是来自超出实用性而进入了美的层次，变成了生活的艺术。

在西方某家餐馆，推出一种豆子色拉，盘中豆子由名厨一一精心排列，每盘索价12美元，想吃者居然还得电话预约，这就是生活品位。豆子几毛钱就一磅，如果认为，豆子由谁排列，滋味还不是一样，通过喉管三寸后，全成了粪便一堆，那品位就没了！品位并不在花费12美元上，而是在曾否通过艺术手段成为那极为短暂的美的要件上。

这两个例子都提到了钱，好像价格昂贵就生出品位。并不是如此的，钱的富足容易办到，但品位的贫乏实在难以挽救。就以音乐来说吧，欣赏音符与音符如何柔和连续，呼吸成句，同一音键上由于接触的强弱而发出不同感情的音来，能体会音乐中细腻的思想情感，就有生活品位。不然，尽管高价的音响设备大部分卖在台湾，而台湾仍停留在低俗的音乐风潮中，即使大官巨商愿意带头扭屁股卖力献唱，依然没有什么品位。

再看西方人，在春暖花开的阳台上，在长途费时的舟车中，几乎每人手上都捧着书——书是厚厚的精装本，不少是各行各业的专书——静心进修，就是生活有品位。而我们由于出版制度不健全，张三李四王五麻子都可以随便出书，不会写书的找人代打也照样出书不断，文艺读物仍停滞在初中生阅读的水平，比三十年代、六十年代还在不断下降，而政治瞎掰书又当令热卖，就算有心人努力推广读书风气到人手一卷，素质如此，你说对生活品位能有多少帮助呢？

生活品位有些是受大环境的限制。在一切都拥挤的台湾地区，自然难以赶上欧美。譬如。西方人重视庭院花木的维护，每月支出费用占日常生活的三分之一，而台湾有庭院的人家太少，以前日式小庭院也都改成了公寓大厦，那就得学习日本，没有大庭广院，就靠居家内外的整洁来表现品位，小小的墙角，只有花树，绝无垃圾，垃圾打包成方方正正的礼物一般，车辆洁净无灰，依然维持着某种品位。

生活品位中，当然以人的质量最难提升。记得有一次，痖弦和我在加拿大的BC省会坐公交车，停放着的公交车由于开车时刻还没到，司机正和乘客们在攀谈，谈吐甚为幽默。
痖弦禁不住对我说："这司机不是和台大的外籍客座教授风
度一样吗？"真的，2000年后，台湾的人均GDP达到两万美
元以上，这美梦容易成真，但要台湾的司机风度像客座教
授，这种生活品位，才是大家真正期待的美梦。

彩色生活

久居国内的人，一朝到了西方先进国家，立即感到眼睛发亮，心旷神怡。为什么呢？因为中国传统的东西，房舍是灰暗阴沉的，船帆是白布已灰黑了的，而西方的建筑色彩柔美，湖上的樯帆色彩缤纷。其实只要看这几年国内兴起的超级市场与便利商店，色彩照明，光亮热闹，使商品也鲜艳夺目，与传统菜场、古旧商号的晦暗黑褐，一无生气，真有天壤之别。

这差别大抵来自色彩，色彩是否能富丽吾人的日常生活，色彩能否刷新到每个角落，已成为生活温饱以后，追求生活品位者的重要课题。

十年前日本街头的汽车，百分之六十是白色的，这与日本人喜爱雅洁大方的性格有关。那时候台湾街头的汽车，百分之五十是红色的。红色并不是中国人的性格嗜好，而是基于传统讨个吉利，取吉祥喜气、利市大发的意思，功利的念头超过了嗜好。后来台湾的出租车经过票选，选出黄色，现在满街以黄色为主，轻快活泼，挺有活力。

西方的车辆一向以蓝色为主调，蓝色显示宁谧和满足，给予心理上需要的安全感。但在这世纪末，据报载，由绿衍生出来的绿色系，蹿升极快，将染遍汽车界。绿色有回归自然怀抱、和平生长的向往，象征着现代人在你争我夺后的疲惫中，希望清新、凉快与安息。

女性对色彩感受的灵敏度远超过男士，所以女性若要买汽车，第一件想到的就是什么色彩。近几年日本女性流行金黄色与琥珀色，所以汽车选香槟色者很多，相信数年后台湾会跟进。香槟色很柔和，心理学家指出：生活水平低的人，往往要求鲜艳的色彩，较为富裕而已感到欲望满足的人，就喜欢较为柔和的色彩。

灵敏的女性，能在男士领带的花纹色彩上，读出他个人的特色与品位的高下。其实男士如用心一些，也可以在主卧室帘布花纹上读出主妇的个性与素养。所以西方人在搬家时，冰箱、洗衣机可以不带走，但精心挑选来的窗帘花式，往往与床褥相调配呼应，是她的最爱，非带走不可。说得更神奇一些，寝室窗帘的色彩如果太灰色寒冷，会产生先生不喜欢早早回家的效果呢，可见与主妇的心灵息息相通。

书房不要用红色。红色照明下工作，反应虽会敏捷，但工作效率会大大降低。书房若用青色，青色为注目色，会帮助集中精神读书。但卧室用点浅红色，则有温暖的恩爱感，兼有镇静的功能，并能化解攻击性的心情。台湾旧屋常用的茶褐色，是日据时期留下的贫穷苦难意味，连厨房餐厅都不合适。厨房采暖色系可增加主妇对工作的信心，餐厅有适当彩色也有助食欲消化。卧室的色彩以不杂乱为原则，色调柔和而单纯有秩序，容易使杂乱的身心得到安宁。卧室也不挂大幅人像，免得像有人俯临监视，久而久之，会影响生活。

衣着当然是彩色表现的大舞台，头发金黄的欧美人，穿上青色的衣服，特别动人。皮肤黝黑的印度人，缠上黄色的头巾，实在不适宜。生活规律的中国人穿上咖啡色显得朴实一些。衣服千变万化，当然难以定论……

色彩的选择与个人心情的开朗或封闭有关联。心情娴雅，容易与优美的色调起共鸣；心情郁悒，容易被暗淡的色调所笼罩。所以色彩不仅为视觉所接受、所欣赏，更为心灵所接受、所导引。色彩深入内心，激发情绪，反映品位，不能等闲视之。

生活十爱

你数过生活中的赏心乐事是哪些吗？明末张晋涛在《彷园清语》中数出最爱的事，用一个字至十个字宝塔式地排列，还加上入声韵脚，共计十爱：

月

秋日

闻远笛

不速之客

花开值佳节

四周新绿周密

烟波细雨横舟楫

灯火迷离笙歌不绝

故友谈心言语多真率

结伴离家任我山川浪迹

你看罢或许会笑出声来：这算什么十件最爱事？几乎不费分文，每天人人都可以拥有的普通事情，俯拾即是。

然而，静下来一想，这十件事都是不具实用价值的事物。美，本来就是离开实用价值后才诞生的。月亮、秋天、花开、叶绿属于自然美；来客、泛舟、谈天、浪游属于社会美；而笛声、笙歌属于艺术美。正是我们追求生活美时，以为它不具实用性，而经常忽略的。

苏东坡曾列出平生赏心乐事有十六件，并说：若能享受这些，就不虚此生。这十六件乐事是：清溪浅水行舟、寒雨竹窗夜语、暑至临溪濯足、雨后登楼看山、柳荫堤畔闲行、花坞樽前微笑、隔江山寺闻钟、月下东邻吹箫、晨兴半炷茗香、午倦一方藤枕、开瓮忽逢陶谢、接客不着衣冠、乞得名花盛开、飞来佳禽自语、客至汲泉烹茶、抚琴听者知音。这十六爱，都不是生活必需的实用物品，都是离开实用必需后的美感罢了。

我们在求名求利的实用价值体系里，被名缰利锁捆绑得麻了僵了，误以为生活质量就是高价位的昂贵物品，于是银子、位子、帽子（学位）、车子、房子，这"五子"登科成为现代人追求的大梦，用来炫耀身价，而这十爱十六爱中，居然一子也不曾入列，难怪有人不能接受。现代人有许多视爬山戏水为无聊的，脚也走不动，只对逛街购物有狂热，再走也不累。视音乐演奏为无聊的，坐也坐不住，只对大吃大喝有兴致，再挤也不嫌。

这正是现代人的生活危机，一切物化、非人化、无情化、效率化、金钱计量化，以为快乐享受来自高消费刷卡，美来自穿戴名牌的比赛。

其实悠闲才是生活艺术之母，这些与金钱无涉的乐事，才能带来人生的情趣与心灵的幸福。试看：

月——风月娟然，乃是天下第一有情物，洗净心头鄙俗与小气，坦坦荡荡，眼前常有月到风来的景象，真美！

秋日——梧桐落叶，蟋蟀吟唱，即使蓝天带些悲怀，也十分爽朗。

闻远笛——听远方的笛声或樵歌，情怀多磊落呀！

不速之客——不召自来的客人，带来新鲜的话题与意外的喜悦，常是生活中的活水。

花开佳节——栽花见其开，是一乐；正值佳节，就更乐；花正艳，人正健，则尤乐。

四周新绿——窗外芭蕉，庭前垂荫，绿肥红瘦的季节，是书斋的好时光。

烟波横舟——横艇于湖上，美得像画，带些细雨烟波，更是画也画不出的美境。

故友谈心——说话处处是真，件件是实，就不妨率性一点。萧伯纳说："讲真话是最有趣的玩笑。"讲完了也不必在临别时加上一句"代为保密"的警戒语，才是真痛快！

山川浪迹——冒险就是从离家开始的，向不可预知的山川浪迹去，充满了挑战性，也象征着完全的自由性。多少风险就诞生多少兴味，多少不在乎就增添多少潇洒，何况有好友结伴。好的同路人如同伴行音乐，走遍天涯也不孤独。

这生活十爱，好像千古也不曾改变。

生活十憎

写下生活"十爱"的张晋涛，又以逐字增添的宝塔式排列，写下生活"十憎"。他所憎的不是所求不遂的愿望，也不是天地万物的缺陷，而是人事性情上的讨厌。

泥

势利

市井气

自夸技艺

碌碌全无济

夜深好点杂戏

难事说得太容易

粗知风水频迁祖地

无所不为向人谈道义

事急非常故作有意无意

他的十憎，也会令人发笑，笑他太轻描淡写。所憎恶的事，在今天看来都不算狰狞可恶，仅是个人素养上显得低俗、平庸、自夸、愚蠢、无能、虚伪，还感受不到全社会的切肤之痛。试看他所憎恶的：

泥——脏兮兮的，人人讨厌。性格上的拖泥带水，明知当断则断，但不能割断，一个"恋"字盘缠得摆脱不了，最苦，也最惹人厌。

势利——畏富嫌贫、崇势欺弱，就叫作势利。势利的人以为穿戴华贵的服饰，就任何一扇大门也阻挡不住，手持金块就可以敲开任何一扇大门。他们为虎作伥、望风转舵的轻薄表情，的确令人厌恶。

市井气——店铺里广列货品杂物炫人耳目，叫作市井气。现代人爱现：比名车、耀名牌、亮会员证，都是市井气。有人说："知识分子做了老板，就成了行尸走肉。"这正是市井气令人厌的地方。尼采说："商业精神只是文雅一些的海盗精神。"市井气的骨子里，并不像所摆的排场那么好看的。

自夸技艺——古人说，"自大"二字，就合成一个"臭"字。有一点技艺就自我炫耀，往往只能贬低自己。明明是恶书法恶画技，还要对客挥毫！明明是不入流的书，还在第一页就写自己如何如何用功聪明！怎不惹人厌？

碌碌无济——物来识不破，事来应不过，如此的心粗笨伯，百事不可做。这样的平庸人若偏是个烂好人，叫人责怪不得，更令人跳脚！

夜深点戏——聪明人一定对"适可而止"有高度的警觉性，拿捏不准就是愚笨。时间地点不对了，仍要耍把戏，会变成庸人的俗趣。

难说容易——临事以惧，才能办大事，所以古人说"成事之人不易事"。说容易的人是心太浮荡，因此说大话的人，只能办小事。办事失败，往往是因为把困难看得太容易。

频迁祖地——袁枚曾说："惑风水以求吉利，所谓庸也。"他又说什么都能忍耐，就是这种庸不能忍耐。学了点《易经》就以为懂医卜星相，看了些舆地书就改住宅搬方位，古谚不是说"乱王年年改号，穷士日日更名"吗？怨天的人改名号，怨地的人迁祖坟，都是庸嘛！

无所不为向人谈道义——每个人在自己眼里总是无罪的，已经无恶不作了，还在向人大谈道义，教训别人。西方人说"离上帝愈远的人，总吹嘘自己离教堂最近"，烦不烦人嘛！

事急非常故作有意无意——顾虑太多，行动太少，事急非常了，明明无能还装作在卖关子，就像老虎已经追到脚后跟，还要辗转去分辨老虎是雌的雄的，实在可气又可恨。

综观以上十憎，太平淡，人心未烂，可憎的事还不算恶毒。试打开今日报纸，赫然十憎全来眼前：

爆

撕票

馊水油

艾滋泰妹

病死猪香肠

黑道漂白"民代"

酒醉驾车撞人死

农会挤兑愈演愈烈

安毒治乡贩婴贩少女

坏事做绝共商立纪念碑

生活十喻

生活像什么？悲观者说生活像两头都堵死的龌龊走廊，乐观者说生活像一种奇观、一种狂喜。每个人的说法都不一样。更有人认为生活就是随心所欲，真有如此便宜吗？有人认为就是朝九晚五，真有如此无趣吗？有人说它是酒色财气等一大堆琐事，那太浑浑噩噩；有人说它就是美，那又太简洁缥缈了。一个人太在意生活，固然有流弊，但如果太不在意生活，也就太可惜。西方哲人对生活有许多譬喻，略举十喻，由浅薄而渐入高明，看看你的生活态度是哪一种。

生活是幻梦——往事如烟，一切随生随灭。爱情如春梦，青春是逝水，惊鸿一去，了无爪痕。生活就是如此空洞，年华只是虚度，空有梦想，求也求不到。每次落实到现实红尘，有如从云中下坠，跌在生命的废墟上。

生活是长期的将就——绝大多数人是抱着"习惯了就好"的态度接受生活的，每天的心情像跷跷板，有上有下，不过总离不开那根无法改变的轴。遇到苦事，就将苦药包些糖衣，在自欺的心情中服下。想要活得如何光光鲜鲜不可能，姑且常想想不如我的人吧，告诉自己："别想在铁器时代里，寻找黄金般的生活呀！"

生活是一个没有尽头的长梯——天天在为未来作准备，幻想着明天会更好。往日的焦虑已经够长，今日的生活细节也不胜其烦，只有踩着梯级喘着气爬呀爬，老想着："等孩子大了……""等我退休了……""等明天一定要好好过……"

生活永远是一场赌博——有人乱赌一把，输光就走；有人输不起，哭哭啼啼；有人相信生命中充满着命运，赌就是赌运气，精神旺的人运气佳，所谓"牌打精神"，因而胆大鲁莽者常赢钱，胆小畏缩者常输钱。俗谚道："吃喝嫖赌赵匡胤，不吃不喝武大郎。"这谚语很邪气，生活老想赢的人，就乱奉宋太祖为偶像大哥？

生活是战争——是与痛苦对阵，无休无止的战争。

生活是一支箭——全看方向选在哪里。选太简单易中的，根本不叫生活。选太好高骛远的，是白日梦，也不叫生活。追求一个固定鲜明的目标，虽在飞逝的光阴中，沉着把握，不中鹄的决不罢休，这才是生活。

生活是一页页的年代史——有人记下了一大堆无聊的日期，有人却无灾无难到了七十，有人则人生充满起伏，充满离奇曲折。然而再长寿的人也只有极小部分的时段特别精彩，你是以股票史、探险史，或是罗曼史为高潮，还是以死结矛盾重重难解为高潮？还是以大悲大喜的交替变化为高潮？

生活是一所学校——短暂的人生，一生都在尝试，活着一天就该上一天学习生活的课。贫富苦乐、疾病灾难、成败得失，都是生活的试金石，都是一张张试题考卷，生活永远不会十全十美一百分，学到老学不完。

生活就是思想——日常有怎样的思维方法，就决定日常有怎样的生活。大凡思想丰富、感情纯正、行为高洁，生活就最充实。一旦起了邪念，必然在生活中骤生狂风暴雨，降临一次大失体面的灾难。所以生命靠呼吸，生活则靠思想，思想优美，生活才像一首动听的歌。

生活是使命——生活在踏着大步向前跨行的时分，意义才产生。生活在完成使命、获得自尊的时分，幸福才产生。

生活在让自己快乐之外，也同时让别人快乐，幸福的内涵才有深度广度。所以有一句永远令人敬佩的话："生活的目的在增进全体人类的生活。"

辑二

感恩万物

有人用完了一支圆珠笔，不忍心把空笔抛进字纸篓，名山万言，情意沟通，都靠它无私地殉身，因此为之摩挲良久。有人堕下了一颗牙齿，觉得与它相依了数十年，碾硑磨轧，论事说法，都靠它出力与宣扬，因此也不忍抛掷，为之摩挲良久，将堕齿瘗在花树的旁边。

推广这份感恩的心情，万物值得感谢的还正多着。跛脚的能不感谢拐杖？渡河的能不感谢舟楫？人生就是依靠万物的襄助而顺利地生活，不只是蔬果鱼肉供我们食用，不只是石油瓦斯供我们热力，种种万物几乎是天天簇拥在我们四周，随唤随到，随到随用，直至衰敝而无怨的。

　　然而每个人在生活中依然是抱怨容易，感恩就很难。许多日常琐事，认为理所当然，也就无恩可感。如果仔细想想，许多天造地设的事，都寓有可感的情义在的。明白事事得来不易，懂得感恩，生活也有情趣多了。

　　譬如说吧，我们在古人书里读到，古人在四十岁以后，就发苍苍，视茫茫，齿牙动摇。尤其是胡须，是无法掩藏的年龄告白：少年时像"鸦羽"有光，中年后像"猬毛"棘磔，不久白须飘飘，长逾胸口，说自己不老也没用了。于是我想起一件该感恩的事，那就是感谢谁发明了舒适的刮胡刀。

　　想古人用镊子来拔，常弄得鲜血淋漓。不去拔它，则它老是要冒出白色的根梢来，高声嘲笑着："老哩老哩，别装年轻哩。"哪能像今天人到六七十，混在年轻世界里依然不被当作怪物撵出去。这主要得感谢每天不停使用的刮胡刀。不然须髯三尺，满街的老山羊，能不像漫画中的"老贼"吗？

　　又譬如说，我不喜欢喝茶，听爱茶的朋友吹牛说真正的好茶叶几千块钱一两，只觉得事不关己，价高价廉，吃在我嘴里都不如新鲜果汁味美呢！

　　有一天，我忽然领悟"好茶叶几千块一两"在中国历史上也出现不了几次。兵荒马乱的日子里，谁会注意茶叶的品质？生活水平太低，谁去为昂贵的茶叶作消费？

宋朝的苏东坡爱茶，讲究活水活火，鼎器也要考究，金钗更须侍候在汤炉旁边，"遂令色香味，一日备三绝"，就明白茶道中的苛细讲究，实在是整个社会经济发达，天下太平既久的结果，能不说是一种德泽吗？

明朝的王世贞也爱茶，最好是美人捧茶，什么"兰芽玉蕊"都带有仙气，一碗香茶啜罢，"尘嚣身世便云霞"，整个世界都美得变了样！这也是时世盛平，政教上轨道，雅人高士，才能享受这"最盛之福"。于是我不禁油然生出一股感恩心情来，感谢"好茶叶几千元一两"，感谢社会大众在火候水品上讲究的茶道。不是累积数十年的社会安定，休闲生活如何建立？哪能有这种精致文化的享受呢？

赏　云

　　云的四季，等于人的一生。春云是云的少年，所以轻轻；夏云是云的壮年，所以奇奇；秋云是云的老年，所以淡淡；冬云是云的暮年，所以冷冷。

　　说云是天空的衣裳吧，就像树是山的衣裳，山要四季换装，天空也要四时换装的。

　　画家常替天空添妆，他们最明白：春天的云要轻得像白鸟，那飘摇的身影，是闲逸、融合而舒畅的；夏天的云要重得像山峰，那图案恒常是阴郁、浓重、礔礓而没有定状的；秋天的云要散得像浅浅霏霏的浪花，愈是浅淡，愈显得廓静而清明；冬天的云要像一堆泼墨，黯得整个天地在玄冥之中，昏寒而深灰。天空的四时换装，比山树的四季换装复杂多了，云在四季的十二时中，有晨昏夕霏的变化，有阴晴雨雾的变化，有高低干湿的变化，还有停云游云的变化。天空的新套装一天换几件，没有一天，天空曾穿了已经穿过的套装。

大画家恽寿平最善于赏云，他在作画时，能细分出云、雾、烟的不同，还能更细分出覆在水面的烟，与横在山腰的烟有所不同。讲究什么是霏微弥漫，什么是疏密掩映，什么是空洞沉冥，什么是若聚若散。

赏云时他还说："魏云如鼠，越云如龙，荆云如犬，秦云如美人，宋云如车，鲁云如马。"各地有各地不同形状的云呢！

浮云是天空的游子，与人间游子的不同，就在于它们没有国籍。杜甫写了"天上浮云如白衣，斯须变幻为苍狗"，谁能根据"楚云如犬"的国籍，说"白云苍狗"一定是望着荆楚的云呢？现代人可以一天之内，从北方的加拿大飞到南方的新西兰，天空云彩变化万千，但并不因国界纬度的高低而可以区分云彩的。

想来或许是地理环境与风速有关吧？鼠的疾走，与美人的缓步有着不同的美感；车的迟重，与马的轻快有着不同的美感。或许是古时周游各国不容易，新到一地，天空的云也新鲜起来？也或许气温与湿度不同，云层出现的高度有别：高空的卷积云，由冰粒子构成，秋高气爽时，碎小的云点很像鼠；高积云则大大的云片像犬、像羊；低空的斑纹云，云粒子就是水滴，云的缝隙中出现蓝天，也许很像龙；更低的棉絮云、铁砧云，紊乱不齐，会有雷鸣，就比较像车马吧？

云的外貌容易欣赏，云的心事就难以猜测。人总喜将自己的荣枯喜乐，反映于云端：绚烂的云是欢愉，晦暝的云是愁苦，如马如龙的云是出仕，拥岫归山的云是隐居。诗人赏云，更能读出每一片云不同的含义：

"悠然坐看南窗外，片片浮云空自忙。"静下来一段时间，才发现忙碌多没意思，多累！

"看云知世变。"望着刻刻变化的云，明白世事都随着白云变化，并和白云一样无穷无尽。

"此志不逐浮云变，百年要当如一时。"世事虽多变，只有我心中的志节与记忆不变，能维持百年如一日。

"高云无媚姿。"最高空的绢积云，只有凛然白色的条纹。愈低空的云，才愈会幻怪妖媚形相百出呢！

赏　雨

　　雨雨雨，田野农夫会从今秋丰收、菜畦肥美来欣赏雨；政府官员会从民生水利、米价平昂来欣赏雨；市井小民会从枕席凉爽、今夜梦好来欣赏雨；司机伞贩会从往来频繁、生意兴隆来欣赏雨。只有诗人词人，他们飞想沉思，脱略了任何实用利益的观点，用纯美的眼光来欣赏雨。

　　大概是词比诗更婉约柔和吧，那幽韵冷香，最适宜描摹雨景，谁读到蒋捷的《虞美人》，都会为他听雨的内涵而着迷：

　　少年听雨歌楼上，红烛昏罗帐。

　　壮年听雨客舟中，江阔云低、断雁叫西风。

而今听雨僧庐下，鬓已星星也。

悲欢离合总无情，一任阶前、点滴到天明。

少年的红烛雨景，是一片晕红，暖洋洋的，荒唐的乐事不少；壮年的乌云雨景，是一片灰铅，冷寂寂的，心头的压力沉重；老年的白发雨景，是一片苍白，阴飕飕的，百事都已经绝望。哦，雨声里的回忆色彩与寒暖，竟是如此判然不同的。少年听的雨声短，所以句子也短，只有二句；壮年听的雨声长，所以句子也渐长，有了三句；老年听的雨声无边无际，所以句子也绵延极长，七字句后再加九字句，竟衍成四句。

雨声短是容易入梦；雨声长是睡少醒多；雨声无涯无尽是恒夜失眠等待天曙了！春梦恨短，冬夜恨长，所听到雨声的长短久暂，恰好与心头愁情的浓浅多少，成了正比。

少年在歌楼上听雨，罗帐歌舞，那时蒋捷高第进士，意气风发；壮年在客舟中听雨，雁叫西风，那时国事扰扰，大局不稳，内心充满了无力感；老年在僧庐下听雨，任由雨滴天明，那时南宋已亡，蒋捷隐居不出，虽有人多次引荐，他心如死灰，再不允许自己有繁华的梦想。所以不同阶段雨声的美，乃是蒋捷一生苦节贞心所化成的。

　　吾人学习词人赏雨的慧心，懂得雨有色彩的视觉美、音响的听觉美、温度的触觉美，更有心境的感受美。

　　烟雨凄迷，在酝酿花季的时刻，是上天自己在作诗，等到雨急花狂以后，那幅"花自飘零水自流"的景象，就是上天来催人作诗了。

　　在雨声里留心去看，青草的绿色悄悄地侵上了台阶，溪边的水痕悄悄地占上了滩石。

　　在雨声里，你明白是谁做出了寒冷来欺侮花，是谁挟来了烟雾困住了柳，不久，梨花上都是泪。

　　在雨声里留心去听，这既不开花又不结果的竹子，才算有了贡献。竹子总是最先报告，雨那特殊的清音是如何忽徐忽疾的。

　　在雨声里，一张枯黄的荷叶上，点点滴滴，让多少弦管瑶佩惭愧。

　　在雨声里，原本很亲近的山，也有了远逃的企图；原本很老的树，也有了少年的诗情画意；原本一池死水，也有了东奔注海的雄心了。

　　细细地分，江湖船篷上的雨声，有点惬意；山径黄叶上的雨声，有点僧意；松枝幽香中的雨声，有点仙意；豆棚瓜架下的雨声，有点鬼意。

在雨声里，猜猜天如果也懂得相思，天的相思泪就不像人间只有两行罢了！

雨声是最怕与老泪一起流的，小雨空帘，最怕见老年英雄的泪。

在雨声里，乐观的人总在想：明朝的花还能不烂漫瑰丽吗？

赏　山

孔子说："仁者乐山。"为什么呢？也许是山有"厚重不迁"的性格，像仁者。也或许山的高大为万物所瞻仰，草木依附它而生殖，鸟兽依附它而聚集，山只求贡献生产而没有一点私心，天天供应洁净的泉水、新鲜的氧气，还能"出云导风"，给国家人民带来健康安宁。细看山的静而无欲、寿而安固，山像极了仁者的怀抱，所以仁者乐山。

孔子是圣人，所以他喜以德行的角度去赏山。山本来是随着各人的素养而呈现面貌不一的。画家去赏山，会用空间虚实的眼光去衡量。全是些叠嶂丘壑，山就太笨实；必须有瀑泉的错落，有云烟的缭绕，山才空灵起来。山是有了云才秀，有了水才媚，有了道路才活，有了林木才有生气的。

诗人去赏山，或喜欢用时间今古的眼光去看："盛衰不可常，阅世惟山丘。"山像一双静观着历史变化的冷眼，人世的沧桑，也不过像陌头的花开花落吧！或喜欢用讽世的口气去看："入山恨未深，山深不肯住。"赏山的人谁不恨山还不够深、不够幽，但是真正幽深的山又有谁肯去住呢？不能住山的人，赏山也只是皮毛吧？

赏山，仿佛人人都会。观光商以发展游乐场所的眼光去看山，山像轻快的溜梯板；建筑商以开发新别墅小区的眼光去看山，山像骄奢的金元宝；果农樵夫以富裕生计的眼光去看山，橘树是提供盈利的"木奴"，山是被剥削垦伐的"土奴"。如此赏山，都将山的价值赏得太低了。胸中存有"问鼎""攫金"的意思，就不必谈什么"赏心"吧！

"山行步步移，山形面面看。"赏山的时候，如果没有泉石啸傲的志节，没有丘园素淡的情性，没有烟霞隐逸的快适，没有猿鸟飞鸣的亲切，一派尘嚣混浊，山的真价值是无法赏及的。

所以赏山最重要的就是有"林泉之心"，有林泉之心，才涵养出闲、静、淡、远的功夫。闲了，鉴赏的功力才厚；静了，鉴赏的智慧才足；淡了，鉴赏的趣味才高；远了，鉴赏的韵味才长：赏山的真价值乃是由此四美而来的。一个人平生有岩栖谷隐的爱好，积好在心，一朝忽见群山横于眼前，勃发"烟霞召我，鱼鸟亲人"的内在呼唤，于是载欣载奔，油然而生"归去来兮"四肢放松、心灵放逸的回家感觉，而烟霞岚雾，红草碧树，处处都是造化的神秀，都是自然的天机。

　　山的可贵，有人说它像一个"不召之臣"，它可以召唤你前去，让你心旷，让你神怡，但它绝不可以由你召唤它前来的。众人登赏，山不觉得荣贵；旷代幽寂，山不觉得悲伤。它特立于尘垢之外，宁可让你阻隔邈远，终生不能一瞻风采，也不会因为你的爱慕喜悦而迁就到你脚跟前来的。这种"致人而不致于人"的倔强性格，也许就是山最可贵的地方吧？赏山的人，能不明白山最可贵的性格吗？

赏　水

单看中国"水"部的字，竟有五百多个，除了河川的名称外，大都是形容水流的字词，就明白中国人是何等懂得赏水啰！画家们早有"观水之术，必观其澜"的说法，认为污池潢潦，渟滨涓溜，不容易寄予心赏，而令人心赏的，常常是湍溅荡漾的洄澜活水。

孔子就提醒大家说："君子见大川必观！"以为面对着江海河港，是人生绝佳的学习机会，一定要细观静赏，在赏水之中，足以领会无穷的道理。他又说了一句"智者乐水"，水不但周流无滞碍，而且缘着一定的理性前行，连一点小地方都不遗漏，像极了脑筋灵活细密的智者。若遇到堤防就停下来澄清自己，何时当行，何时当止，也极像一个知命的人，充满着智慧。

孔子又说："逝者如斯夫——"逝水像一首永不止息的挽歌，在你面前作最清晰也最动人的"无常"演出，赏着水，谁不惊心动魄？谁都会领悟到水是调整心灵热燥的好教材，因为人心像火，一切可爱可恋可乐的世事诱惑都是薪柴，除了山林或江海上悠闲的水，如何消防心头奔腾的烈火呢？

"闲山闲水待人闲"，赏水需要有冷淡下来的闲情，忙碌的人无法思考，即使是智者也无法乐水的。你见过水的喜怒哀乐吗？水发怒的时候给人雄伟的感觉；水怡然的时候给人宁静与喜悦；水缥缈的时候给人幽奇的猜测；水浩然的时候给人放达的心胸。所以说水是最有情的朋友，连发怒喷薄的急湍瀑布，也都让人觉得赏心与可亲，智者如何能不乐水呢？

有人赏着水，以为它就是地上涣然的文章。水因着有风，才有声音；因着有潮，才有涨落；因着有云，才更鲜丽；因着有闲懒雅兴的作家，水才真正活了起来！文章不也是如此吗？文章要求"达"，水也要求"达"，好文章必须如水的流行：平顺漫衍与滔滔一泻，或迟或速，都是达！沦漪湋涔与怒潮骇浪，或静或动，都是达！奇变百出与安行不怒，或巧或拙，也都是达！直到那山崩石溅、风旋云乱，哪一篇好水景不是一篇好文章呢？

有人赏着水，悟到了治学的方法。学问要凿通源头，才不是一堆死知识、一潭死水。学问要旁通互证，像水的流通互益，才不是株守一角的腐臭汉。学问要平心静气，静了才明，不就像水吗？学问又要临渊不惧，愈深愈勇，不就像悬崖千尺的瀑布吗？你想测量它，它就愈深；你想穷溯它，它就愈远：水像极了学问。

有人赏着水，悟到了修身。因为泓泓然澄清的水，可以清澈地照见万物，是一个"清以辨"的智者；但它却没有智者苛细计较的毛病，水是美丑兼照、香秽齐容的，胸怀汪洋浩渺，所以又是一个"宽以容"的仁者。谁能比得上水的自信？

它不须表现盈满，只要表现卑下；它不须表现酸甜的滋味，只是一味地至淡无味；它不须表现河海的数量，只是随人腹量的大小而自取多少；它不必和万物去争，万物都不能和它争！水呀，它不仅有着极深的涵养，而简直就是"道"的具象化身嘛！

赏 月

　　月亮是一面万古不磨的镜子，任谁去赏月，都是在月光中照见自我的身影。如果你是野宿在山村，就发现栖宿在树杪的清光，正为洒脱的野客而留的；如果你是起舞在楼台，就发现这良宵秋月，和助兴的仙侣一样，充满着欢情雅兴。如果你悲，"月是天上伤心物，海是人间旧泪痕"，伤心人在月亮中照见伤心的自己，沧海明月，反而是牵愁惹恨的东西；如果你怨，"月亦如游子，一岁几圆缺？"一年团圆不了几次的游子，望见月亮也是可怜的游子，团圆的日子比起残缺的日子，要少得多了！

　　具有万古悲情的李白，他看月亮是万古不死的巨灵，从古照到了今。在这万古晶亮的镜子里所照的万物，人事代谢，沧海桑田，包括古人今人，就像走马灯似的一边上，一边下。人生无常，月亮却是万古长新的。于是李白把酒问月说："今人不见古时月，今月曾经照古人。古人今人若流水，共看明月皆如此。"人世短暂，月光无穷，古人虽不可见，古月却照到了今天，那么就假着古时的月，去寻见古人的心吧！有人说李白就是生为明月而来，死化清风而去。也有人说，只要青山有明月，李白就在，永远不死！

其实愈有深度的人看月亮，月亮就愈有深度。月亮乃是"万圣合一"的哲学源头呢！儒家看月是"天下为公"的，世界无云，直照到海天尽头之处，月从不曾私照过哪一家！而且月的盈虚消长，正明示着天道人理的循环不息。

理学家看月亮就是"理"嘛！月是理，水是气，有气的地方必寓有理。不管大成一海水、一江水、一溪水，不管小如一沼水、一杯水、一滴水，应着各种器皿而现形，都各得一个圆月的光辉。

这种譬喻，是从佛家学来的吧？月亮的本体无增无减，却能大能小，能方能圆，应物而现形，一个月亮竟然就是不增不减的自性呢！于是佛家有了"一月普现一切水，一切水月一月摄"的传心要法。

禅家看月就极妙:"我心如秋月,教我如何说?"用手指月,月并不就是指,讲不明白,就回到"千江有水千江月"来。月落百川,川川印月,你若急着去循川逐月,月就移动而无定踪;你若抱着宏观远视的心胸赏月,川月都朗朗常在,"满月正当文佛面",月就是禅,就是佛。

当波上叠波,每一波都有月,但说不出哪一个是真月。等到波月平了,没波的一月才出现,你明白了波上并不是真月,才懂得波上叠波的波波都是月!

道家看月,是以月的澄清,来比自心的虚白,以月的无哗,来比道体的深静。月下常获道家的至乐:天上的广寒宫,就是地上的蓬瀛岛,玉兔蟾影,青女素娥,总是仙家的住处,灵槎往来,万里桂香。月,真是道家梦想的总汇呢!

诗人在月下,总会引发无穷的奇想,月光会有重量,会有声音,还可以吞服呢!

月光不会太重吧?你来时,请载一船月光给我吧!

当潮水涌着寒光上上下下,我发现月光在碰撞而碎时是有声音的!

来一瓢山泉活水,我要一口气连水带月吞下去!

　　真想用力按得月轮低坠，将月亮镜框里桂树的影子撤换掉，换上我心头伊人的小像！

　　好吧，今夜明月失约不来，花和我都睡得好沉好沉！

古今一样中秋月

"中秋赏月"风俗的形成，和唐明皇的关系密切。那时的大学士苏颋和李乂，是文官的首脑，每当八月十五夜晚，他们在宫中召开玩月大会，叫作"文酒之宴"，也许是太热闹、太精彩了，后来竟有唐明皇游月宫的传说。

不过唐代还没有"中秋节"这个名称，因为唐代的类书中还不曾分出这一节令，一直到宋代初年太宗时，才正式有"中秋节"三字的记载。宋代的中秋节并不放假。

至于"吃月饼"开始于什么时候，倒是个颇费思量的问题。唐人在中秋时吃"玩月羹"，宋代周密的《武林旧事》卷六中，虽列有"月饼"，却不是专在中秋节庆时吃的。一直到南宋亡国时，吴自牧写的《梦粱录》里，依旧只描写热闹的中秋节，而没有"吃月饼"的记载，可见宋朝人过节时是不吃月饼的。

家喻户晓的"八月十五杀鞑子"传说，在月饼馅里夹了这七字传单，野史谓发生于元代末年，至正二十六年（一三六六年）夏，到了中秋，果然有数省同时起事等等，正史中只有《刘基列传》提及："常遇春就义，于八月十五日吃月饼为号，劫牢反狱，杀元管带，揭竿反元。"所以客家传说认为月饼是刘伯温发明的了。

野史传说是否有据？一三六六年八月，正是明太祖命徐达、常遇春率兵二十万开始东征北伐的日子，两年后的八月三日攻入元朝的"大都"，元才灭亡。我想从诗歌中去求旁证，证明月饼开始于元末，我翻阅了不少元代人的诗集，中秋节的诗不少，并没人提及"月饼"，尤其如萨都剌、顾瑛等的中秋节诗，写了许多食品，都没有月饼，可见元代人未必吃月饼。到了明朝，刘若愚的《酌中志略》、冯应京的《月令广义》、田汝成的《熙朝乐事》，都记着吃月饼的风俗，十分普遍。那么月饼或许真是开始于元末明初，野史传说的故事在年代上是相符的。

较新的资料，是丁福保《年谱》说。他读到一本元人徐大焯写的《烬余录》，是正史所阙略的可信资料，其中载元兵杀戮苏州人的惨状很详细。尤其是将汉人二十家编为一甲，而以一个鞑子出任"甲主"，不但这二十家的衣服饮食归他享受，连童男少女也随他淫虐。甚至花烛之夕的新娘，先由"甲主踞之"。凡一人有抗拒的心，就杀全家，一家有抗拒的心，就屠一巷，如此淫威延续了几十年，自然家家恨之入骨。所以丁福保说："昔闻古老相传，谓元人甲主残暴万状，苏省人民约于五月五日午时，同时合二十家之力，杀一甲主云云，今阅《烬余录》，益信此说之不诬也。"

各地一齐发动，二十家杀一个鞑子，又有何难？这故事大快人心，所以代代相传，看来像首先发动于苏州，而且是端午节，与传说不尽吻合。

在今天，中秋节仍是一个令人发思古幽情的日子。战争杀戮已经远离，"月满中秋夜，人人惜最明"，喝喝茶，赏赏月，让我们知道世界上还是有许多不需要你争我夺的东西，譬如山涧的流泉，譬如长空的明月，都是人人可以饱赏而不相排斥的。这一夜，推开了名利，恬静下心境，徘徊在桂花清露间，欣赏这清晖皓魄，面对这片毫无实利纷争的纯美，眼前才有一片光明，心头才有一片天机，这对现代都市生活的排挤纷争而言，会产生一种澄净的作用。

再则，吃月饼，赏明月，饼在手，月在天，饼象征着月，月投影于饼，也给人一种天人一体的快感。而且你我都凝视着月，团圆最好，分散的也可以千里共着婵娟，"故人心似中秋月"，在可爱的清光中你想着我，我想着你，你我原来共浴着上苍的月色，面临着休戚一体的命运！"月是去年月，不复去年友。人生如风花，聚散良不偶。"匆匆的人世，匆匆的花月，真是"明月易低人易散"，谁没有长长的相思需要安慰呢？在赏月的片刻，总会反省起人我的隔阂与冷漠，这对现代人刻板寡情的都市生活，也有抚慰的作用。

中秋，中秋，今夜纵使你有逼身的万道狂澜，也暂且静一静，且来欣赏这古今如一的月色吧！

赏星星

我爱赏星星，有一次在武陵农场，初冬的高山上，天空无月色，地上无灯光，星星的蓝光带点寒意，荧煌璀璨，像垂下来接近人一样。我们数着银河边胃状围成半圈的紫微宫，爱说：紫微宫里有一星独明，就是天下太平，可是长年来都是黯浊不清，就是天下混沌……

又一次是在澎湖的七美岛上，当岛上停止发电，灯火全熄，在旅社的阳台顶上静坐，坐得愈久，星星就愈多愈亮，原本亮的会特别亮，原本黯弱的也渐渐添加亮度，明白星星的数目，实在是因着肉眼瞳孔的放大而不停繁衍众多的。

另一次在兰屿海边，岛上夜间停电早，突然沦入一片漆黑。太平洋的狂涛在吼，海畔的尖山黑得阴森可怕，这时孤独的我举头一看，星星都像瞪圆的眼睛，比往日放大了十倍，向下逼视，芒角锐出，鬼魅荧荧，竟被这幅星象吓着了。

赏星星，自然而然会乘着星光，回到神话的故乡去。东西方的神话，大都来自星座而同源的。由于星座的划分归属本来可以自由地联结，所以东方人看作牛郎三星，西方人看作天鹰的展翅；东方人看作织女星的平行四边形梭子，西方人看作有弦的希腊竖琴；东方人看作北极星，西方人却看作小熊座的尾巴；东方人最容易找的北斗七星，西方人看作是大熊座的身尾。无穷的神话就在星座的联结中诞生的。

我不爱从星辰的躔度上去赏星星，当然，偶尔也卖弄一下，什么"五星聚"是朝代将兴啦，彗星是"欃枪"，世界将有忧患啦，旄头星是胡兵入侵，少微星是处士星啦……星辰一一应着下界凡尘的事物，读星星像读神秘的天文志，满天星斗成了满天功课啦！

我爱看诗人如何赏星星：

李白夜宿在高山顶上，几乎伸手就摘了星星，这时候他吓得不敢高声说话，怕惊动了星际的仙人。

韩愈挖一个水盆大小的水池，只灌下几瓶水就显得浪潮拍岸了。当夜色渐深，明月归去以后，细细观赏盆池底下究竟饲养了几尾星星。

苏轼欣赏大星的端庄，小星的喧闹，小星在天池里闹得像水的沸腾。他数着牛郎星的扁担，织女星的梭子，半信半疑地问：天上挂的都是人间的物品吗？

朱熹欣赏南极星、北极星，像宇宙中心的枢轴，又欣赏紫微宫门右的太乙星，居有常位，煌煌特亮，他觉得人人心中都应该有根轴，都该有一颗煌煌明亮的信心。

陆游见星星是夜深愈繁，天明渐稀的，想想人生在世，朋友故旧不也是愈老愈少的吗？"交旧疏如欲旦星"，对寥寥的星辰特别珍惜。

黄宗羲不怕别人嗤笑，想凿开冰河的雪块，在冰雪窟洞的冻水中，去洗涤天上的星星。

毛昌杰望着牛郎织女星说：何必嫌人间有缺陷，就是修到了神仙，仍有不足之处呀！年年埋头于织布耕田，为了谁呢？就只为隔岁一次见面的相思吗？

丁之贤则在一个七夕的夜晚，大雨滂沱，虽看不见牛郎织女，但担心银河中浪潮太急，鹊桥也被冲断，更担心痴情的牛郎，像痴情的尾生一样，守在桥柱下，直到灭顶呢！

赏　草

　　都市文明人的眼睛，越来越渴望绿色的滋养，草地，已成了都市人的救星与良药。在台北，我们渴望大安森林公园那块翠绿，能早日投进水泥丛林里来。就像我们每次梦见美国，并不梦见摩天大厦，总梦见辽阔无垠的草地；每次梦见新西兰，并不梦见千门万户，总梦见树荫深处透射过来那片润湿而生意盎然的鲜绿。现代人的远游遁世、回归原始，主要的动机常是奔向草地的"渴绿症"吧？

　　诗人郑愁予在美国草地上坐久了，草地忽然幻化成一本楔形文字的书：

草地太辽夐了，低着头细读一本异国文字的书

抬起头，那人已变得细小可是还在走着

咳，阖起书来，异国文字一样走不完的草地

　　他把草地欣赏成一本读也读不尽的异国书籍，一排排横纹绵延，深远无际，书愈博大而人愈细小，读呀读，跋涉呀跋涉，就如走向那没尽头的绿野。明代诗人袁中道也有"吮墨频年草似书"的句子，也说草一般的书。郑诗说：知也无涯，空间的辽夐很像书。袁诗说：笔墨狼藉，岁月的草草很像书。

　　古人更有把草欣赏成一首诗的：初生的草，形体还没超过一寸，心意早已腾跃过一丈，看它还和泥沙为伍，心已和雉堞相齐。这点很像诗，诗也是三五小语的简短文字里，孕有万丈雄心，诗与草都是"野心"勃勃的家伙！

　　虬松巨柏，即使姿态炫人，但意义仅止于本身，而小草，常是一望平芜，生意辽远。这点也像诗，诗喜欢"形有尽而意无穷"，好诗必寓有"远"意，所以诗与草都绵绵密密、萋萋漠漠，写不完千里万里的远意。

　　草地不开花不结果，原本不求提供别人视觉的享乐，而仅求自适其适。这一点也与诗人的贞节相似，求取世俗悦目

的是假诗人。

芳草不因地质硗瘠而避弃不生，不因人力的呵护不至而自怨自艾，只本着它的天性，随遇而安，快乐自在，这和诗人的性格与苦心也是一致的。诗人抗臂林壑，放情烟霞，所谓"有以自乐而无待于世"，像极了野草。

如果留心赏草，对草的领悟与比喻，乃是多方面层出不穷的：

虽不是千年挺立的贞松，却也不是朝荣夕殒的槿花，草，不标榜灿烂，也不标榜孤介，乃是"寸心烧不死，万里碧无情"，最冷冷，也最旺盛的族群。

草有什么可以胜过花呢？花太匆促，草能胜过的地方只有"闲"罢了。

花开虽好，花落如何？看花灿烂最容易惹恨，弄色喷香时的得意，随风逐水时的沾襟，都远不如看草的平淡。"人间最是无花好"，消极之中也有几分哲思吧？

只有惜花的人才懂得赏花，只有惜草的人才懂得赏草，珍惜平淡远比珍惜灿烂更需要智慧，所以赏草的人很少。

谁在草头的露水里，领悟了富贵生涯的短暂呢？

谁在霜降的夜晚，看草不能像菊那样传过来芳香，但仍能反映一片残翠到帘栊上来，知道草并不胆怯呢？

　　有人希望他的相思就是青草，一路追随着心爱者的车轮走，不管天涯如何迢递，极目望去，只要是青青的地方都是我相思的神色。

　　有人希望他的心爱者不要像青草，青草是各地能生根而"随处都说好"的，希望心爱者像葵花，葵花只爱一个太阳。

　　有人说忧愁就是心头的草，以懊恼来培育，以泪水去灌溉，一阵风起，就离离遍生于苍穹下，大地成了愁城。

　　但有人说快乐来自青草，庄子不就说吗：山林皋壤，使我欣欣然而乐！必然是一个福慧俱足的人，才能感知这一大片绿色的快乐。

赏　树

谁说的：春天宜在林园中住，夏天宜到水湄去住，秋天宜在深山中住，冬天宜在阁楼上住？如此充分享受四季的灵妙变化：春天赏园子里匆匆开谢的林花，夏天赏溪潭边的水木清华，秋天赏空山里的疏林怪石，冬天赏雪窗远眺的古木昏鸦。四季的美，哪一季少得了树呢？

要怎样欣赏树？首先得向画家学习，他们有赏树的口诀："木有四时：春英，夏荫，秋毛，冬骨。"春天的树，叶细而花繁，用小点着于树杪。夏天的树，叶密而盛绿，要用积墨。秋天的树，叶疏而黄落，干出而叶稀。冬天的树，叶枯而枝槁，只用几点淡墨毛毛的是初冬，完全光秃秃露骨便叫作寒林。

画家最明白，树是山的衣裳，山的磅礴，有待树的郁葱，才能形成名山的秀丽。就像丽姝美女，有待霓裳羽衣，才增添惊鸿游龙的媚艳。没有树的山，好比没有衣着的贫户，自然腼腆拮据。

所以春山的花树，穿着鲜红嫩绿，像出席得胜的庆祝大会；夏山的茂树，穿着襦裙绣带，像去出席产品的竞赛大会；秋山的残树，穿着白衣憔悴，像去病院做健康检查；冬山的枯树，头秃脚赤，无所穿戴，像万千僧侣的静坐入定大会。

画家们赏树，先从形相欣赏起。我曾见梵高画的树，全部枝干用扭扭曲曲无数短线密织而成。一般人眼中树干是直的，画家却以为树的生枝发节处，全由曲笔生趣。在他们细腻的观赏下，一枝一节，向背俯仰，都不用直笔，所以有"画树之窍，只在多曲"的秘诀，即使劲挺的树，也要注意曲笔的简省，这才让我明白梵高的千屈万曲，和中国明代画家是同一种赏树的角度。

画家们又欣赏树的属性：园亭里适宜杨柳梧竹，深山里适宜古桧青松。小树要在简略中表现出模糊淋漓，枯树要在苍苍间凸现出古趣奇崛。肥瘦的搭配、隐显的出入，要能从一株树四面参差的姿态里，欣赏出长风鸣蝉的声音、潜龙舞蛟的神情、烟霞无尽的遐想，就更属神品。这些画诀都提供了我们赏树的法则。

欣赏树，更要向诗人学习，联想它精神的层面。例如欣赏松树，中国人总会与祝颂长寿联想在一起，小松的秀灵奇淑，昂茂欲起，给人无限的期望。复经风霆霜雪的摧剥，骨格奇古，到老年时，天禀独特，是天完成了它！欣赏松的耐得岁寒，总唤醒君子的慎审晚节。"叮咛樵斧休戕伐，留待他年作栋梁。"欣赏松的落落材干，能不兴起爱才惜才的仁心？同样地，由柏树去联想道家的修仙，由橘树去联想儒者的坚贞，由龙眼树去联想南海合浦采珠的姑娘，由石榴树去联想那批趋炎向热的家伙……

欣赏树，必然连同着快风活水，野鸟山花。"野鸟不随人俯仰，山花偏喜主清幽。"这完全由天意发落的自由与清秀，配合声光香气，才是赏树时最大的享受。你如果在树上用细链锁住一只鹦鹉，在树下挖小池来养几尾锦鲤，这人为的劳心，反而丧失天机了。真的，"水声生慧性，林影悦闲身"，当你一无目的去林泉边坐坐，水声林影中才有开发不尽的智慧与喜悦！

赏　画

　　一项以"听鹂深处"为名的画展，吸引了我。走进画廊，迎面是一只鲜黄的鹂鸟，在紫色的桐花深处，振翼半开，俯身欲起，而四周花叶茂密，近浓远浅，幽缈无限。我向画展主人黄昌惠先生恭喜说："把'深'字画出来了，真是美呀！"

　　花鸟画里我最爱看"深"，山水画里我最爱看"远"。山水画家每次要濡毫之前，最好登上高楼望云霞出没的远方，收取磅礴的逸趣，然后使林壑纠纷处，横斜疏密，让赏者目不暇给。而烟云生动处，潇洒天成，显出极玄远的风神，达到"画能使人远"的目标，才算有了境界。所以画山水花鸟如明丽的美人，容易；画山水花鸟如静深的逸士，就难。能画出"深""远"的造化之境，使画上涌生一片"静气"，那就更难。

赏画先看天真的气韵，然后再读笔意、骨法、位置、渲染，最后才看形状像不像，所谓"须以神遇，不以迹求"，才是赏画的知音。天真的气韵有的得之于"凝神注想"，有的得之于"不意如是而忽然如是"，都是无法再重复模仿一遍的趣味，成为世界的唯一，才妙。

古人把画梅花叫作"写梅"，画竹子叫作"写竹"，画兰花叫作"写兰"，不说"书"而说"写"，因为"画"是画它的形状颜色像不像，"写"是写它的意思趣味深不深。所谓"意足不求颜色似"，形状颜色像不像，摄影会做得比画家好，但画比摄影有价值，就在摄影未必能表现这份意思与趣味。

从前吴道子画张九龄像，重点不仅在像不像本人，那不可侵犯的凛然严峻神色还容易勾勒，要能把张九龄丞相"风度凝远"的"远"字画出来就足以见功夫。吴道子画钟馗打鬼图，重点不在面目狰恶，鬼见也愁，而是把全身的精神目力，都汇聚到挖鬼眼的第二根手指上来。如果改用大拇指挖鬼眼，全身肌肉与神姿，又非得重新布局不可。这种笔意骨法，也是赏画时需要精微观赏的地方。

　　欣赏画的韵度趣味，往往也在欣赏画家的性情。前人分析过：画家是坦易而洒落的人，画也平淡谦冲，画味极醇。画家是孤高而清介的人，画也危耸而英俊，清气逼人。画家一味绝俗，画就萧远峭逸，一无雕饰。画家如果贪荣附热，画也妩媚而带焦躁之气，想假装风雅超然是困难的。

　　所以，简单地说，欣赏画，也就是在欣赏画家本身的德行胸襟所流露出来的趣味。像清朝的金农善画竹，他绝不画臃肿的竹，痴肥的树他都懒得看，而瘦的竹，多寿，都饱经风霜。他在画竹上题诗道："明岁满林笋更稠，百千万竿青不休。好似老夫多倔强，雪深一丈肯低头！"倔强的竹，就是倔强画家的自身表现，所以只需十竿百叶，就意兴勃勃，深远无垠了。

赏风筝

这几天乍寒还暖，虽是冬季，北风吹来也柔柔的，很像春风。多少儿童趁着假日，一齐来放风筝，所以坐在大安森林公园赏风筝，已成为台北市新的街景。

台北的风筝，面积很小，不像我儿时玩的八角巨型；结构简单，不像我儿时玩的连环复杂；大抵静寂无声，不像我儿时玩的擎着一支响弓，喤喤地响遍天空。那时还喜欢在风筝线上吊挂灯笼，入夜后天灯点点成列，煞是好看。但是台北的风筝，色彩雅美，胜于儿时乡村的凡红俗绿；风筝线已用坚实的尼龙丝，还配上手摇轮转的收放器，胜于儿时农村的麻绳，那时常常断线，风筝不知飞向何处天边。

谈到赏风筝，就像欣赏人生的百景，历练越多的人，会欣赏得越深刻。人生如戏，风筝又叫纸鸢，纸糊的鸟，不就像如戏的人生百态吗？

你看它鸢鸟般在碧空中飞翔，好像很自由，其实必须等待一根引线牵着，才能踩上春风去的，哪里想到它直上扶摇九万里的前程，常常是由于一个顽童向后退两步的结果呢？人生不就常因命运的顽童后退两步，放你一马拉你一把，我们就欣欣然得意非凡了吗？

你看那纸鸢高高飞到天中央时，实在很难说我们还能掌握它多少。上云霄或是翻筋斗，都得依仗它是否自爱吧？如果你明白人间有千万只眼睛，可能都是冷冷的眼睛，你高飞的时候，他们既惊且妒，只盼着你能不自爱，一个筋斗从云际栽下来，大家才笑痛了肚皮呢！街头巷尾都在谈笑着宦海的浮沉升降，鹊起鹃落，时事叵测，不正如同冷眼赏风筝吗？

你再细看每只风筝，刚要起飞的时候，扑翅歪斜，晃晃欲跌，直像猛摇尾巴的狗，求人帮忙的时刻，总是教人特别怜爱。然后它学会观察风向，见风转舵，冀望人的提拔，任人牵来曳去，经过几番打桩布线，全凭那副"摩天"手段，爬上云端而越高越神了！我们看多少名人成功以后，喜欢雇人替他写回忆录，写得冠冕堂皇，有肉有骨。其实呢？唉，骨格凝重的如何飞得高？纸鸢里泄露了多少底牌！

哪只风筝不是靠吹嘘之功，借力一举上了高空去的呢？当它身子渐渐稳住以后，俯看别人仍在平地上，自己却早钻入碧霄中，早忘了自身是几根瘦骨，一丝柔线，早忘了四周都是危机，供人观瞻的时刻其实不会很久，但它得意忘形，竟想去和上林的高树比高，去和九霄的狂风比狂，唉，牵缠到那里面，最后是骨头被拆，命线被剪，原本纸糊的东西还能平安下台吗？

当然，放风筝的常常是稚真的少年，涉世未深，且看他们拍拍手，拉拉绳，做做彩梦，一脑子的海阔天空，何必把风筝欣赏得如此阴沉世故呢？风筝实在也像一个爱做梦的少女，由她去厌弃世上的金屋，只想与明月星星做邻居，别告诉她什么是遥远，什么是渺茫，一身的仙骨，脱尘出凡，就只想趁着年少能做一场乘风飞去的美梦吧。

赏　猫

据说布什的宠物是狗，克林顿的宠物是猫，克上台后猫成了白宫的新宠，全世界的猫随之大走红运。

电视里播出：香港出现五星级的猫旅社，每晚寄宿费是台币二百至六百元，猫旅社中有健身房与餐厅，均有冷气设备。如果猫不肯去健身房练习腰功爪功，也可以观赏鸟笼，听活动的布谷鸟钟。猫旅社共有二十一间房间，间间客满……人的生活富裕，也为猫带来了舒适享受。

猫是有闲阶级的宠物，不再是贫户的捕鼠利器。我参观过猫的宠物服务专柜，有给猫咬的假鼠，供猫爬的假树，猫专用的梳子、吹毛机、香水的化妆箱，猫睡的摇篮，人造钻石的项圈，喷泉饮料等等，一应俱全。古人写猫时，老爱在"捕鼠是否尽责，饲养是否有鱼"上打转，其实猫生活在今天，腥鱼早不必偷，也怠工不捕鼠，只要凭浑身媚态便惹人怜爱不已，根本是只管享受而不必工作的贵客。

可是现代人赏猫，一味以物质奢侈去满足它，对猫的动物天性及精神意义，似乎愈来愈扭曲漠视。如此宠爱下去，只以挥霍为乐，完全成了铜臭比赛，赏猫的境界似乎太庸俗了。

古人赏猫，早就有《相猫经》呢。如何赏猫？先欣赏它的长相：猫的身体短者警动，长者怠惰。尾短的有劲，尾长的懒散，尾巴下垂而委弱的最贪心，又不善捕鼠。脚短的爱跳，脚长的能疾走，前脚短后脚长的最猛鸷。鬣须戟刺的动作伶俐，鬣须柔靡的只会鸣叫，谚语道"好猫不作声"吧！猫眼里金光闪闪的捷而有力，眼睛喜闭的性情温驯……

其次可欣赏猫的毛色：全身纯黄的最佳，其次纯白，再其次纯黑。全身雪白的叫作"一块玉"，通身白而尾独黄的叫"金簪插银瓶"，全身白而尾独黑的叫"雪里拖枪"，若额头又多一团黑色叫"挂印拖枪"，背上多一团黑色叫"负印拖枪"，全身纯黑而一尾独白叫"银枪拖铁瓶"，把猫当作贵重的宝物器皿来欣赏。身背纯黑而四足肚腿皆白叫"乌云盖雪",身黑而只四蹄白的叫"踏雪寻梅",纯白猫还有唤作"雪猫"的,都把猫当作一幅风景,就像中国人把宠鸽黑色而背脊上白花的叫"巫山积雪"一样。宠物多用雅致的联想,一物展开成诗意的一景,把梅花雪片和猫的形象混同一气,猫的精神世界就宽阔有味了。

赏猫更要从猫的天性去领会人生的道理,趣味就更为饶足。明人洪月诚从猫的捕鼠过程,先是凝然不动,寂然无声,到一出手则迅若流星,疾如雷霆,便领悟大有为的人,心不可躁,机不可失,必须懂得"待时必如死,乘时欲如矢"的道理。摄山志竺禅师更从猫获鼠的顷刻,领悟治学修道成功时的快乐,他的《猫鼠偈》说:"有朝捉得老鼠时,大叫一声妙妙妙!"赏猫到这种会心妙契的境界,真是无处非道场了!

赏　鸟

　　一面是环保意识的加强，一面是休闲文化的提倡，台湾人在衣食无虞之后，对都市文明的疏离冷漠稍感厌倦，颇有回归大自然拥抱亲切乡土的念头，于是野外赏鸟成了一种风尚。且看关渡自然保护区的红树林附近，赏鸟的人群逐年在增加，携带望远镜，查看鸟类图鉴，还有人认真画彩羽做笔记，为鸟鸣录音做辨识，然后印证一下，是否真如古人所说，听莺鸣会感到欢欣，听杜宇鸣会感到悲戚，听鹧鸪鸣会感到思念，听百舌鸣会感到清醒，听布谷鸣会感到忙碌，听画眉鸣会感到幽寂，听鹤鸣会感到清介，听燕子鸣会感到深寂，听喜鹊鸣会感到喜悦。

　　"赏鸟"绝不是外来的文化，而且中国应是世界上最早记录赏鸟经验的民族。孔子就教人多识草木鸟兽之名，孔子的弟子公冶长还能通鸟语，如果不是在鸟声里观察静赏，如何能通鸟语？相传周代的师旷还著有赏鸟的专书——《禽经》，许慎在《说文解字》的"鹫"字下还引述过《禽经》呢。师旷的《禽经》已经失传，今传的《禽经》也许出于唐宋人之手，但依然是世界上最早的赏鸟书。

　　从《禽经》里就可以懂得赏鸟的入门途径有三，从具体而渐入抽象：

　　一是欣赏鸟的类别：譬如，吃鱼蛇的鸟嘴喙都长，吃五谷的鸟嘴喙都短；喜欢搏杀的鸟嘴喙多利，喜欢啼鸣的鸟颈项都长。依类推想：陆地上生活的鸟嘴多尖锐，水面上生活的鸟嘴多扁圆；短脚的鸟类喜蹲伏，长脚的鸟类喜站立……世上的鸟有8700种，小鸟占5100种，分析各类型鸟的特性，热带性的色彩鲜艳寿命短，大洋性的飞行耐久寿命长……一一欣赏，当然有趣。

　　二是欣赏鸟与自然的关系：古代农业社会靠天吃饭，特别关心天候的晴雨，许多鸟都成为晴雨关系的测候站：譬如，鹳鸟仰鸣则天晴，俯鸣则阴雨；鸠鸟雄的鸣是晴，雌的鸣是雨；鹬鹬鸟出现天将陨霜，鹤夜鸣则是露水很盛……这些观察是否需要改正，也是趣味的所在。

三是欣赏鸟的德行，作为人学习的榜样：譬如，鹖鸟勇于决斗，斗死都不退，所以武士要学它戴上"鹖冠"。鸥鸟随着水潮飞动，像潮一样有信用，所以人要学习它的有信，但要改进它没有自保的能力。鹬鸟则太贪心，才有鹬蚌相争的悲剧……人若能细察鸟性，可学习可改进的地方正多着呢！

我看赏鸟的乐趣，还不限于知性的研究，而更在于"天趣"的领略。明人沈元琨在书斋周围赏鸟，闲看溪边有白鹭刷羽，听黄莺啼，调弄白鹤，观赏旧燕返巢，认为是书斋四大快事。程羽文则将子规啼、鹤警露、鸡唱、雁过、乌鹊惊枝，列为五种天籁。目赏耳聆，都是人与鸟类各畅天性时的甜美感觉，绝不染上丝毫"人为"的纯天趣。

赏鸟的乐趣，更来自"机心"的放下。赏鸟时如果还盘算羽毛皮肉的猎取利益，或饲育于樊笼的占有欲、产业利害或病原菌的顾虑等等，就不易体会赏鸟的真乐。人心时刻在机巧诈伪现实势利中打滚，抱着机心去赏鸟，就成了猎人。赏鸟的一刻应该是"忘机"的陶然，赢得鸥鸟下翔为友的时刻。

赏鸟的最高境界，当然是中国老祖先所揭橥的"恩及草木禽兽"的仁者怀抱，这时刻太和之气充盈原野，人通鸟的语言，鸟识人的善意，和乐相处于环保美好的宇宙之中。

赏 石

　　加拿大是一个以巨石为奇景的国家，落基山裸露的石峰，傲岸矗天，气势磅礴，又长年载雪，雅洁绝尘。各地的民宅，往往据石为屋，有的巨石立在屋前像屏风，有的躺在宅后像麒麟。他们很少把石头挖掉铲平，反倒喜欢让石为路，因势筑屋，欣赏石头原始的浑厚姿容。一位加拿大妇人对我说："石头是天然最美的东西，让藤萝爬在上面，都会遮住了美！"

　　加拿大人爱以石头为景观的装饰，布置在屋前屋后，有点像中国人称石头是"璞友"一样。但中国人是系情于这白石齿齿的"无情之交"，用来蝉脱污浊，超立尘表，以达到升华内心至"与世相忘"的隐士境地，这一点或许不是加国人爱石时所能想象的。

中国有名的石痴是米元章，他见到奇妙的石头就下拜，不但爱石有深情，还生敬意，把奇石看作是丈人呢！相传米氏的赏石方法为秀、绉、瘦、透。

石要秀，最忌是顽，顽石无所取，顽石必须配上树竹的秀逸来补足灵气。石要绉，最忌太方太圆。太方了，没有层次纹理就刻板；太圆了，没有棱角皱褶，无所象形就呆滞。石瘦削不臃肿就容易雅，石有透漏处反觉嵌空玲珑，容易生变态。

在书斋、酒亭或水侧，石不妨玲珑一些，但在面对大丘大壑的开阔风景前，玲珑的石头只像袖中珍玩，就嫌琐碎了。石最好是"拙中寓巧""懒中见慧"。云泉苍茫之间，看那"云闲常卧洞，石懒不随流"的独立砥柱景象，正是懒中见慧。看那"百方穷态，十面取姿"，所谓"惟意所到成低昂"的无穷变象，是画石之理，也正是赏石之理，更是拙中寓巧的妙境。

明代的吴充，累石为台，引水为涧，在《山居杂著》中写石赞道："壁而立，柱而砥，峰而距，岩岩而清。"石头挺立不伛偻，无所依傍，令人敬重；又砥柱中流，风涛不惧，令人肃然。至于高峰入云，望之俨然，不易狎近的距离，更令人崇拜。而巉岩孤耸，清正自持，更教人终身也学不像。难怪他在山寮石台间或歌或咏，以石头为终身的老师了。

清代的屠倬太守，一生爱好奇石。他将心爱的三十六枚石头，各取雅致的名字，并把它们画成"三十六峰图"，每枚石头的命名里，拓展想象的天地，也正是赏石的方法。

有的石头像重山叠嶂，有的像单山片景，取名为"岭上晴云""天风海涛""烟江叠嶂""小剑阁""九叠屏风""泰阶符""紫云回""海月"。在片石上望见霞云明灭，烟涛苍茫，使尺幅中具有万里之势。

有的石头纤丽天成，巧似某物，取名为"三寸楼台""半段松""丁倒莲房""束笋"，都不待雕琢，自然成文，特别可爱。

有的石头挟带仙气，将赏心者带到红尘之外，取名为"太古雪""铜仙佩""捣药杵""青芝""飞龙骨"，都有天外的奇想。

有的石头具人物的神态，或独特的尊贵，取名为"寿者相""紫衣定僧""半面钟馗""柘枝舞""渔丈人""米家砚山""玉女窗"，都化无情为有情，使含义繁富。

　　有的石头有珠宝的光泽，如稀世奇珍，取名为"珊瑚网""玉浮屠""玉镜""百结连环""玉井莲""蜡凤凰""玉辟邪"，令人爱不释手。

　　也有的石头像动物，神情毕肖，栩栩欲动，取名为"雾豹""角鹰""戏鸿""江天一雁""子母鸡"，都在静态中表现动态，生意无穷。

　　"惟兹一片石，寄我万重心。"一位赏石者对砚石可以如此说，对于每枚奇石也都可以如此说。

欣赏太阳

西方人欣赏朝阳，中国人欣赏落日。剧作家查普曼说："朝阳和落日相比，人们更赞美前者。"他说的"人们"，乃是指西方的人们，若是东方诗人，几乎都是叹美夕阳的。

西方作家对于"朝阳"极尽形容的能事：

像"东方的玫瑰正在开放"。

像"金鬃宝马，如燃的鬃毛闪闪发亮"。

像"一株盛开在海上的花树，色彩越来越深"。

像"展翼的天使，踩上了上帝的火焰台阶"。

像"抖动着带露的金发去迎接新娘的新郎，神采飞扬"。

用如此强烈的色感、温度或新艳来比喻朝阳，在中国诗里是极为罕见的。中国人写朝阳诗，如：

"太阳一出冰山颓。"（见于《天水冰山录》）这是百姓在严嵩被抄家后，人心大快时的形容语。奸臣贪赃太多像冰山，正义伸张才像太阳初升，这太阳照融了厚厚堆积的冰山，带给百姓新生的希望。然而这朝阳显然是在比喻新登基的皇帝，令人畏服，而不是真在欣赏把天空染成玫瑰红的美景。

又如"睡足东风一竿日"（见于《朱静庵自怡集》），日高三竿已近中午，日高一竿应该算是朝阳吧？这位明代女诗人朱妙端形容春日的朝阳，虽然温深亮丽，却描绘得又细又秀，情致够美。但可爱处是在"睡足"的慵懒，并不是真在欣赏把寒碜的土壤变成灿烂金黄的太阳。

中国人很少对朝气蓬勃的旭日加以歌颂，至于描写如日中天的骄阳烈阳，视同光热无穷的生命力而加以赞美的，就更少，不像西方人，爱歌颂光芒四射的真实太阳，称赞它是辉煌的天灯、大自然的明眸，是大千世界的眼睛与心灵，是使天体熠熠生辉的光源，是世界之灯、宇宙之光……

中国人看太阳，总爱想起"夏日之日"酷烈，不如"冬日之日"温馨，再不然就是霄汉之上永远悬着一颗赤忠的捧日之心……浮云呀不要遮蔽了太阳……昭阳殿上飞过的寒鸦呀身上也带着日影的暖和……太阳总是代表着赫赫的君王。

在台湾，农历三月十九叫作太阳日，清代时家家向东膜拜，并点起油灯整天不熄，供奉面制的猪羊。崇拜太阳，其实暗地里在纪念一位皇帝——明末的崇祯皇帝是这一天上吊驾崩的。点灯代表"明"永在，猪羊代表"太牢"祭品，也可见中国人一直把太阳视为皇帝。

中国诗人爱欣赏的，不是朝阳或烈日，却偏偏是夕阳。"夕阳无限好，只是近黄昏"，人人爱上了晚霞满天渐渐淡出的余晖。"汉口夕阳斜渡鸟"，白鸟红霞或黑鸦暮色，在洞庭秋水的陪衬下，真是绝美绝美！"独留青冢向黄昏"，一位绝代的美人，在关山遥远处，留下孤独的青冢，永远永远地守候在历史的残晖里，还有什么比这景象更为凄美呢？"纱窗日落渐黄昏"，太阳渐渐地沉下去，寂寞却高高地涨起来，掩埋了纱窗，掩埋了金屋。啊，这徘徊将灭的夕晖，经常是中国诗人的最爱，而莎士比亚却说："人们对于一个没落的太阳，是会闭门不纳的！"东方人不像西方人这般现实势利，欣赏太阳的角度相差得好远！

夕阳之外，中国人特别喜爱月亮，这与中华民族偏爱阴柔、喜欢恬淡的性格有关，欣赏太阳时，必然会想起许多文化深层中蕴含的意义。

欣赏下棋

现代的青少年，往往是电动玩具的高手，会下棋的越来越少，能精于弈技的更是凤毛麟角。我担心这将是中国休闲生活的大缺漏，也是人生精神陶冶的大损失。因为下棋绝不只是怕败贪赢地争争闲气，更不是"蛮棋"对"瞎着"地杀杀时间。如果你懂得欣赏下棋，这里面深邃无底、变化无常，处处启示着人生的哲思。

下棋就是做人。人不能没有做错的时候，棋也不能没有下错的时候。人在年轻时候走了错路，及时回头改正，还来得及。棋在初开始时该出车的，却跳了马，该飞角的，却侵了边，及时守成，仍可以稳住大局。但下棋千盘，末后一着最为要紧。末后一着错,满盘都是输。人生也是结局最要紧。所谓"学问要看腊月三十日",可以总结一年的造诣。所谓"善观人者索其终",探索到临终,才可以结论一生的德业。老年收场前若一失足,就把一生饰名欺世的丑境全盘暴露,难有挽救的可能。

下棋就是智慧。善于博弈的人都明白,心里稍存轻敌的骄傲,就会因懈怠而失败,所以常告诫自己:头赢不是赢。而现代人却喜欢以"赢在起跑点上"作为号召。有一次我看英国赛马,许多马偷跑,跑得精疲力竭,结果裁判宣布不算!所以,"赢在起跑点上"只是投机,并不代表智慧。人生的大智慧总表现在天翻地覆、艰难万状的时分,而棋局也常在劫杀纷纷、动弹不得时,所谓"残局分明一着难"的关头,谁能打破连周围空气都紧张凝结的僵局,谁才算有真智慧。

下棋就是器量。下棋的人和观棋的人不一样,旁观者能够做到"胜固欣然,败亦可喜"已经不容易,而下棋的人,能够明白下棋的过程就是娱乐享受,对于结局的输赢,不必认真,那就渐渐养成器量了。其实"人心无算处,国手有输时",连国手也会失算,输了就算了,所谓"棋输木头在",对谁也没损失呀,何必一定还要恋恋旧局、细究错着呢？古人虽有主张一局棋里要拿出"征诛精神"来的，但那是勉励人事事要集中精力，并不是要人太执着。下棋时能饶人几步，让人悔棋重来，使长松荫亭中的风日多清美呀！更何况大英雄真名士还能做到"胜局能输始是棋"，该胜的都可以输，是何等器量！难怪曾国藩在每天饭后总下一局棋，叫作"养心棋"。曾国藩的器量可能就是如此培养成的。

下棋也就是政术。有人说下棋争胜的要诀在"稳冷狠"，又有人说官场斗争的要诀也在"稳冷狠"，其实这也不是限于什么弈术，只要斗智争胜的野心存在，哪怕是情场、商场、战场、考场、官场，无不以善于"稳冷狠"者获胜，而且脸皮越厚越好。当年项羽以"起手无回"的高手姿态来下这盘江山的棋，而刘邦却以"随下随悔"的低棋耐久来夺取楚河汉界，结果棋高反败，棋低反胜，留给千古旁观者扼腕叹息。不过，项羽曾在鸿门之宴时，饶了刘邦一着，又画鸿沟为界，谈妥了"和棋"。唉，饶过的棋，毁约重来，不讨论它们的成败高下也罢！

欣赏水果

　　许多人手上拿着水果，眼睛并不曾真的看见水果；许多人眼睛看见了水果，心中并不曾真的欣赏了水果。其实每一样水果，都费尽了天地的神力与巧心，从服装、打扮、香味、触感、甜度、水分，可说是娇艳欲滴、含情脉脉地映在你眼前，像佳丽参加赛美大会一般地用心，供你选食，所以吃水果而不知欣赏，简直是暴殄天物与辜负美人！

　　吃水果，首先可以欣赏状貌。譬如吃葡萄，先赞美它剔透玲珑的状貌，它的一身紫水晶或黑水晶，正如月光下的甘露所冻结而成，颗粒匀圆可爱，想和天上的星群比美吧？如果再运用一些联想，想葡萄的寒藤在学老龙的盘绕，葡萄的

115

凉叶像学绿云的成团，这成串的果实乃是在龙须云影呵护下的产物，自然增添几分天仙明珠的高贵意味。

其次可以欣赏水果的德行。清人郝浴在吃苹果时，认为苹果的德行是"纯粹和平的君子"，因为荔枝有果而无花，牡丹有花而无果，而苹果乃是名花甘实相兼的，况且它"近齿即芬"，不像橘子皮、莲子蓬那样地阻隔重重，是个没有架子的君子人。

明人岳正吃葡萄，也爱将葡萄推上高度抽象的德行层次。他欣赏葡萄的藤干很瘦劲，这是廉；有节而很坚固，这是刚；枝须很嫩弱，是谦；叶片多荫，是仁；蔓而不乱附，是和；结实味甜又可酿酒，是才是用；根枝屈伸以时，更是道！被他从哲思上一点化，充满了人生所向往的境界，欣赏葡萄，不也就和欣赏梅花兰竹一样了吗？

再其次是欣赏水果的滋味。譬如，吃荔枝时，想到千百种鱼里，以鲥鱼最好吃；千百种菜里，以莼菜最好吃；千百种水果里，以荔枝最好吃，荔枝可能是水果滋味中的极限。所以，品赏滋味，大体上是采用比较的方法。苏东坡说：吃荔枝像吃大蟹，肉像雪，汁像膏，一吃可饱。但吃龙眼像吃彭越石蟹，嚼啮久之，了无所得。但对一个已经饱食的人来说，也许龙眼耐久嚼还胜过荔枝呢！

荔枝娇艳的包装、热情的香味，真可称得上绝世佳人，所以必待绝代佳人，而后成为知音同好。杨贵妃一见送荔枝来的马队就笑，不是吗？吃荔枝时，要趁着时鲜，别让风吹干吹老了。更要考究器皿，放它在玉盘里，抱着"佳人难再得"的珍惜心情，用纤纤的手指，解开绰约的紫衣，才能一探玉肌与冰心。

最后，水果名称的本身，也常可作欣赏的对象。譬如说吃连雾，近人又爱加上草头叫"莲雾"，比较像水果吧？其实连雾已很有诗意。清代人叫它作"辇雾"，太斯文了吧？又叫"剪雾"，可真像现代诗！又叫"软雾"，好美好美！又叫"染雾"，清人王凯泰不就作了"不染云霞偏染雾，慈航欲渡世人迷"的句子来赞美它？因为白色的连雾像蜡丸，又叫"菩提果"，红色的连雾莹润可爱，很像击打诵经的红木鱼，又叫"南无"。当初都以梵语为名，猜想它可能是从印度传来的，充满着佛光与法喜。连雾为什么没有一定的写法？猜想是梵语的音译吧？江浙人初到台湾，听"连"与"染"音相近，才写成染雾吧？

又譬如释伽，也像用了佛教的名词，形容它"难得青青上佛头"，是很美的想象，形容它"纹绉如释伽舍利"，也增添剥食时的敬意。其实水果释伽是从荷兰传入的，或许只是荷兰话的音译，但想象使我们美化了它的命名。

供佛为什么总以香花鲜果为最上品呢？吃水果时多用一点心想一想，檬果切片腌食为何叫作蓬莱酱？木瓜像不像仙人安期生的大枣子？欣赏一番，你就像在品尝神仙的玉液琼浆了！

欣赏庭园

在拥挤的台湾，人拥挤，房舍更拥挤，没有几家人可以欣赏庭园，所以每当身临欧美人家，最赏心悦目的就是他们住家的庭园。

欧美人家的房屋、围墙等，都喜用柔软不光亮的色彩，他们要让房屋部分沉静，而让花圃部分热闹。花圃不妨色彩缤纷，五色忙乱，而房屋则雅淡无华，不忙不乱。台港地区的人一去，不明白这种设计，把房屋改用亮丽的黄墙红瓦，就失去了动静对比的调配秩序。再则，欧美人家是以庭园为主，住宅为副，草皮广袤是美的重点。近年为了迎合台港地区去的买主，造了许多庭园与居室不成比例的"巨兽屋"，欧美人士视为丑陋而厌恶，而台港地区人士却居以为傲。

其实中国人是最早也最懂得欣赏庭园的，英国植物学家威尔逊把中国人称为"世界园林之母"呢！只是近年在台港各地被局促臭脏的居家环境教得太现实，只想改建加大，只图面积实用，不明白什么庭园比例之美，反成为欧美人士白眼的对象。

庭园的艺术原来就是思想文化的表现，魏晋南北朝注重逍遥脱出尘网，所以爱的是洒脱自在、鱼鸟亲人的自然式造园。唐人注重诗禅，又逢国力鼎盛，高亭大榭，池塘竹树，总带着诗意的抒情式造园。两宋人理学发达，花草树木，都赋以哲思，奇石盆栽，赏莲颂竹，成为哲人式造园。元明人受了文人画的影响，讲求境界，讲求林泉回游的秀润，喜造有画意、有诗情、有音乐趣味的文人式庭园。清人受外国番供的好奇炫耀心理影响，引入西方喷泉绿篱，出现中西合璧式庭园。

中国由于思想文化丰厚，所以对庭园的欣赏也极为深刻多趣，不过，依我看，千言万语，只要掌握一个"活"字就能知晓其精髓了。

小径信道不管成曲线或弧形，都是花园肢体语言的一部分，解说着主人的精神意义，必须布置得有层次、有深度，小径是活的。

庭园中最可喜的是水，有水就有音乐性与生命。池水涟猗或泉水涓涓，有聚有分，有静有动，有亭有桥。桥不宜高，亭不宜整，池不宜方，水不宜直。有人说庭园的水是眼波，石是瞳子。有源头流动的眼波，十足表现出活力的丰饶。

庭园花木，最忌缩大为小，蹩直成曲，矫揉捆绑，缺乏生气。爱它生机自长，使枝枝叶叶充满率真的野趣，散发活生生的逸趣。园中最可贵的是老树，古人看它不是金钱所能购备，所以寓有千秋万世的精神意义。

各种洞门具有框景作用，逐步移动框景也移动，所谓尺幅窗，透视过去能步步换景、刻刻异形，乃是一幅活的画。

中国庭园总是懂得"有余"，通道之余有回廊，屋顶之余有飞檐，前轩之余有后宅，前庭之余有中庭，中庭之余有后庭，热闹的楼之余有幽藏的阁，有余才能接纳风月。又懂得留白，虚白之中方有灵气往来，在其中安神游息，样样活。

中国庭园充分利用自然条件，依山就势，迎坡筑亭，逢石留景，护树垂荫。更懂得"借景"的趣味，利用天窗或矮墙，仰借高山远塔为景，俯借万家灯火为景，邻借巨树丛竹为景，因而无中生有，化小为大，借得妙就灵活。

中国庭园喜取一个可爱的名字，有一个堂叫"堂堂堂"，有一个洞叫"洞洞洞"，别出心裁，表现出园主人的性情境界。主人不文，园也俗气，而寓有深意的园名，产生意想不到的个性与活力。

我最欣赏清人焦循的累石法。他反对用石灰弥缝石隙，变成假山死景，他把园庭中的一百多块石头，随意散置，稍一移动，性情意致就随着变换。每逢心情郁塞，思路不通，他就移置石块，石块变态百出，他也思绪泉涌。窗棂因怪石而活，就像栏槛因莲菱而活一样，其中寓着蓬勃的生机，原来园石也全是活的！

欣赏小昆虫

　　中国人很少骄傲地认为人是征服万物的主宰，相反地，倒认为人应具备向万物学习的灵性，师法自然万物，方能提升人的精神境界。即使是小昆虫，也各具优点，足以启发人类的智慧，成为人效法的小老师。

　　庄子就最善于欣赏小昆虫。他从螳螂捕蝉中领悟出：见了外界的"得"，往往忘了自我的"形"，多么危险！又从做梦变成蝴蝶，而打破了真与幻、物与我的界限，竟统一了种种相持不下的异说。更从蚂蚁厌恶的水，正是鱼所爱的水，领悟人生什么是"得计"真是难说。还从猪身上的跳蚤，以为猪的股脚乳房间，就是"安室利处"，到了烤猪时，就和猪一齐被烤焦，给喜欢偷安的人上了严肃的一课！

如果你有半日空闲，建议你学学庄子去留心一下小昆虫：

蜜蜂——它广采百花，却不曾踏坏过哪朵花蕊；它将妙色清香的精华取来酿蜜，却不曾破坏过园林的景色。它享用环境，又能维护环境，不是很好的榜样吗？还有"人勤蜂不懒，致富端金碗"的谚语。尽管采来的百花精都甜在别人嘴里，却不改变它终日积极的态度。还有那句"好蜂不采落地花"，几乎都成为人的好榜样。

蝴蝶——御风飘飘，明白一切都是空的，所以它是世上最工于游戏享乐的一群。但是多花的地方蝴蝶自然多，多草的地方，就多蟋蟀，这是自然的爱憎定律。今天丰衣足食，就多金钱游戏、爱情游戏、文艺游戏、政治游戏，谁还爱听喽喽喽，说些秋天严正的声音呀？

萤火虫——它只有在盛暑天熠熠地短暂飞舞，最热闹的那一阵子，也像野火烧着花林，也像疏星遮过云影，但热闹一过，就随秋草腐烂去，到时候肯不肯收敛光辉，和本身的慧质丹心没什么关系。这种"时来不自由"的造物秘密，不正是提供我们思索"随缘乘化"的好题材吗？

蛾——它有向光的癖好，却不是趋炎附势之辈。"宁投明处死，不向暗中生。"这份为了理想的执着，绝不怨蜡烛与烈焰，一切后果由自己承担，赴汤蹈火在所不计，就凭着血性的真诚，谁忍心说它傻呀？

蚕——本着侠肠去看蚕，蚕蛹赴沸汤是很苦的，但是为了报答主人的养育之恩，只求有尺寸可以效力的地方，生与死，又何必太计较呢？但若本着禅心去看蚕，看它白天吃，晚上也吃，"蚕无夜食不长"，蚕食最贪心，不久又看它作茧自缚，不久又看它蛾眉荒淫，短短两个月里，看它轮回一周，教人为今生来世而警醒。

蜻蜓——它没有蝴蝶寻花的热闹，也没有秋蝉饮露的苦节，只在水面轻轻地点出些涟漪，不求任何实用的功能效率，只想得到一些生活的趣味，照样可以高飞自娱。如果这是人生，该多潇洒啊！

壁虎——单单是壁虎功，就教人羡煞！摇摇尾巴就有吃飞虫的本事，腰膂间的巧捷功夫，谁能相比？它的形貌像龙，又绰号叫"蝎虎"，小小的身躯，竟兼擅"龙""虎"的威名，哪里是容易的事？它又叫守宫，据说喂饲胭脂给它吃，吃得它满身通红透剔后，研成红浆，沾在处女的手腕上，永不褪色，一旦失贞，红色才褪掉，所以能帮助皇帝看守后宫的妃子，原来它还是今天性泛滥的克星呢！

螳螂——看着它的威风，就想起今天昂头高唱"爱拼才会赢"的勇士，拼命弄钱，拼命争权，没想到命运之神轻轻一击就完啦。螳螂奋臂以拒车辙，只知前进，而不自量力。庄子说它不知不胜任，是自恃才质优美。唉，你也凭这点点无可奈何的优美，想去奋命一击车轮吗？

辑三

上天的飨宴

阳明山的花季，常常是在春雨绵绵中过去的，千千万万的人冒雨上山赏花，也算是为苍天在惜福。上天以这样绚丽的春色，举行广大的飨宴与供养，不及时上山赏花，让花季空度，真是不懂得为造物"惜费"了。

到阳明山走走，晴的山美，雨的山美，雨后初霁的山像刚梳妆好的美人，当然更美。上天在大量供养你赏心的野趣，供养你果蔬的佳味，供养你花木的美景。云在天空里撒了一个字，虫在树叶上蛀了一个字，都是自然绝美的文章。访花其实像访一个朋友，访山也像访一个朋友，天地间的佳山佳水名花野景都是"来电"的心上人，连经常到你窗口望望的白云，也可能是个老朋友。

一走到山脚下，就闻到草木各散着浓郁的香味。草木是在答谢昨夜的春雨，回报以清香，而我们又怎样去答谢欣欣的草木呢？走到一棵巨松下面，枝叶间缕缕的风声，就叫人想起错过了多少次枕伏在树干去静听的享受，松下稀疏的树影，就叫人想起辜负了多少次从松下探望月影的机会。

松树旁的几块石头，会欣赏的人，会欣赏它的"秀"，它的"绉"，它的"瘦"，它的"透"，从这面看像老翁，从那面看像狮子……块块石头，都有"百方穷态，十面取姿"的摄影角度，是谁设计它们从洪荒布列到现在，恰好展示在你四周？石块被移置，性情意致也会随着变换，固体的石块尚且变态百出，生机无限，更不用说天天善于灵变的花与树、云与山了。

古人说："山肤水面，石骨花身。"把自然万物都看成有表情的容貌，能不能供养你到悦性怡情的境地，全看你自己是否冥顽不灵呀！世人都说："清风明月，不用一钱买。"哪里是不用一钱买？而根本是万钱也买不到，全是上天慷慨地在供养，不向人收费罢了。

就算你走进门来，你仍在上天的供养之内。窗明几净，寒暄适中，能够身健心闲地静坐用餐，也是个有福承当的人。天生万物来供养人，一盘菜肴，一碟水果，想起草木禽鱼成为人的食物，也有了世上的用处，算是回报上天了，它就不是个弃才。而人在享用完多样的飨宴后，难道只会损衣耗食，一无回报？所以古人有"日临三餐必愧"的说法，就怕浪费天物，对世界没有贡献。范仲淹不就对王素说吗："我每夜就寝时，必定算一算这一日饮食豢养，费了上天多少，而这一日内自己所做，能与所费相称吗？相称就摸摸肚子安寝，不相称就一夕不安眠，到明天求补偿回来。"范仲淹算是个不肯辜负上天飨宴的人了。

许多人不喜欢随便接受别人的招待，就怕无以为报。与其一事不报答，不如一物不接受。然而不接受别人的招待容易，要能不白白接受上天的招待飨宴就难啰，也许你还弄不清楚上天在怎样飨宴你呢！

茶道之美

　　在韩国釜山女子专科大学讲授"茶文化学"的金吉子女士，由我国茶道名家范增平陪同，要和我谈"茶与诗"的问题。她说韩国的茶道，着重在"和静"二字，而日本则着重在"和敬清寂"四字，她问我说：中国的茶诗中着重什么样的思想呢？

　　我对茶道并不在行。既称为"道"，必然已超脱技艺实用的层次，而进入高远的思想境界。据我留心茶诗中强调的茶道思想，可分析为四种美感：

　　因寂生慧——茶的外号，有叫"冷面草"的，有叫"清风使者"的。清冷与"寂"的境界很近，人在"寂"的时

刻，思虑容易集中，容易有审美的观察力。大学中主张
"定、静、虑、得"，用于茶道也是如此。西方诗人拜伦
说："平静的气氛是急性人的地狱。"那么饮茶正所以治愈
毛躁焦虑，而带来平静的气氛。

所以古人喝茶不喜欢人多，认为"一个人喝可以得到茶
的神味，两个人喝得到茶的趣味，三个人喝只得到茶的味
道，七八个人喝只是分茶水来解渴罢了"。这道理与西方人
喝酒相似："请一个朋友喝酒，应把最好的酒奉献；如请
两个朋友，就让他们喝二等的酒。"朋友多了就起哄，意
不在酒，将好酒糟蹋。喝茶时最好寂寂孤坐，毋妄毋欺，
忘掉职位成就，忘掉茶叶价格，离开功利的杂念，才能进入
审美的天地，细辨茶中的"高温香、中温香、低温香"，而
单是茶香里就是个繁富的世界。归心一意，期待"无我而后
真我见"，进入"触处洞然"的慧境，从茶里领受静寂观照
之美。

因洁生乐——饮茶的环境要一尘不染，摆设无脏乱杂
物，器皿不但光洁，特别讲究卫生。茶壶上有油光腻滓，古
人叫作"和尚光"，令人厌贱。茶杯用热水涮涮就几人轮
用，就一无美感了。泡茶的动作虽不必太夸张，但要合乎
"鼎器手自洁"，手脚发髻都考究洁净，进而洗涤内心的秽

杂妄念，使内外都光洁透剔。

茶最会吸收异味，所以采茶姑娘不能涂脂抹粉，采茶季节还得断绝荤腥。茶园旁可以间种玫瑰菊花，但不能间种菜蔬，就恐怕吸收到粪味。从种茶、采茶、焙茶、包装到冲泡饮用，全部过程都要享受这个"洁"字。满眼洁净亮丽，呵气如兰，方能主客尽欢，领受生活质量之美。

因清生和——饮茶最爱原味的清。如果要它有回甘的滋味，而添加鸡母珠，或是要它有"香功"而添加柠檬、樱桃或花瓣，都有违"清"的原则。饮茶时配一些茶食的甜酸，来与茶的涩苦产生中和，倒也不错，但不能喧宾夺主。记得元末大画家倪瓒有洁癖，他喜在茶内切放一种果膏，由核桃粉及杂果制成白色块状，配上茶水，合称为"清泉白石"。有一次他招待宋代遗留的王孙赵行恕饮茶，赵只顾连连大吃果膏，没有品茶，引得倪瓒脸色都变了，大叫："俗物，俗物！不知茶的风味！"因为他品茗时忘本了。

"嗜酒者气雄，嗜茶者神清，嗜菜根者志远。"不错的，饮茶的清慎，提供舒缓闲适的空间，可以纾解压力，能造成人情的和乐。不是说"国家之福，莫大于和人心"吗？饮茶时面目和蔼可亲，足以领受人情交往之美。

因雅生趣——饮茶不但要器皿雅，时空雅，还得茶名雅，什么"碧螺春""碧涧春""绿云香""冻顶乌龙""龙井"，都能发挥山水云烟的联想雅趣。主客之间既有笑容、诚意，更要有高雅的谈吐。古人说聊天分四等：以学问书史为挥霍，逸趣横生的是上乘；一味话旧谈趣、兴致豪放的是中乘；间或臧否人物、议论时政的是下乘；每每嗟羡荣辱、撩拨是非的是最下乘。所以饮茶要"座客皆可人"，有雅士的气质，有丰富的内涵，有高妙的谈吐，在饮茶中领受人文意趣之美。

饮食十美

艺术家对美的感觉敏锐，对味觉之美也不例外，所以往往也是美食家。像苏东坡，相传有特别煨制的东坡肉，更对竹笋、槟榔笋有特别的嗜爱，有一次吃河豚味美，竟说："这值得一死！"像袁枚在《随园诗话》之后，居然附有《随园食单》。据说他到别人家里若吃到一道好菜，就一定叫家中厨子去那里拜师学习，所以《随园食单》中就集存着四十年的各家美食。另外像陈眉公、李笠翁等潇洒人，都善于吃。

古人谈美食的要诀，如宋代的周辉有三字律令：烂、热、少。软烂则易于咀嚼，最宜中老年人；热则不失香味；

少则不曾餍足，对后面要上的菜仍有热望。

明末的张岱，认为烹庖的技艺，要讲求十个方面：味、色、洁、清、时、气、配搭、调和、寻常、美器。此外，再注意风俗的差别，个人胃口的殊异，由巧厨加以调配变通，自然能达到美食的巅峰境界。

张氏的饮食十美，到了袁枚都有详细解说，选录一些原则供作参考：

味——一物有一物的本味，要让食品各献其性，各成其味。所以味浓重的只宜独煮，像鳝鱼、甲鱼、螃蟹等，不能搭配以存原味。许多食品的滋味，各有一定的火候，混在火锅中煮就变味，要一样一样吃，应接互异，才心花顿开。此外，食品材料先要求上品，司厨的功占十分之六，采买的功占十分之四。

色——光彩若能"净如秋云，艳胜琥珀"，菜一端上来，由眼视到鼻闻，都要比"舌尝"早一步打动食客的心，入口才加倍享受着这道佳肴妙品。

洁——一点点烟灰、锅渣、布丝、头发，都要如临大敌。海参虾翅要去沙，鱼鳖鳗涎要去腥，韭删叶，菜取心，切葱的刀洗净后才能切笋，菜若有抹布味，有砧板味，就糟了。

清——清鲜并不是淡薄，浓厚也不是油腻，精华存而去糟粕，真味出而无俗尘，才叫作真清鲜。

时——时有多项意义：食物材料要时新，萝卜过时则心空，山笋过时则味苦，荠菜过时则叶老。火候要准时，有文火，有武火，有先武后文，火候不对，肉的红色变黑色，鱼的活肉变死肉。煮肉若用急火，水干又添加，则肉味落入汤中，味反在肉外了。又火熄再烧，会走油而味道顿失。还有上菜要合时序，先咸后淡、先浓后清、先无汤后有汤，饱食后用些辛辣，酒后用些酸甜等。更重要的是食者要及时，各菜味在取鲜，起锅时现熟现吃。如吃粥时，有"宁人等粥，毋粥等人"的要诀，防止水干而味变。

气——指芬芳的香气，不是用香料粉饰而来，是要取佳肴自生的扑鼻清香。

配搭——蘑菇、鲜笋、冬瓜，可配荤又可配素，葱韭只可配荤，不可配素。百合刀豆最好配素，不要配荤。大抵清者配清，浓者配浓，柔者配柔，刚者配刚，才有和合的妙处，如燕窝配冬瓜就是柔配柔、清配清。

调和——调和靠作料。酱有甜咸清浓之分，油有荤素清香之分，酒有米果酸甜之分，醋有化学新陈之分。葱椒姜桂糖盐，都要上品。作料有兼用有专用，有先泡有先干，天热宜用芥末，天冷宜用胡椒等。

寻常——做法上要寻常，不必燕窝捶为团，海参熬成酱，过分矫揉造作，反失大方。取材上也要寻常，熊掌蛇羹及山珍野禽，不合环保观点的都不合适。清末的张锡銮将军，能将寻常的豆腐一味，烹调化至七十二品，才是高手。

美器——古人说："美食不如美器。"碗盘大小各有所宜，以雅丽为主，不要格式一律，以免笨俗。要大小参错，更觉生色。煎炒可间用铜铁器，煨炖可间用砂罐器。

此外，各美食再有个雅致的名字，配上细嚼慢品的吃相，就十全十美了。

听觉的享受

　　"爱庐"门前原有一条排水沟，自从我凿通了附近的"泉脉"，引来了日夜不歇的流泉，泉从门前的斜坡滑下去，由平顺而逐渐斜倾，泉的鸣声也由幽咽而喧哗、奔吼。排水沟上有一个个气孔，泉声是从每个气孔传出来的，从低音而逐渐高亢，像极了一支横在门前的笛子。

　　沿着泉流的笛声走去，先是漱漱汩汩，继而潺潺湲湲，再则嘻嘻哈哈，直到轰轰哗哗，一步一步，细听那泉声，联想着自己仿佛坐在船里，由碧水无痕的静溪，进入蓝光黛色的渡口，到了一个隔岸桃花盛开的急水滩头了。天晴天雨，门前的泉声不一样；春涧秋谷，流过的泉声又不一样；日午或子夜，泉声更不一样。有时像村人嬉语，有时像万马突围，有时像在洞庭湖中濯足，有时像在潇湘馆上听琴，听觉中引来无穷的感应，无穷的趣味。

只要肯静心听，自然界提供人类享受的音乐，品类繁多。泉声滩声之外，还有林木的声音。松像在怒，竹又像在笑，芦苇像在沉思自语。不同的树木便有不同的风声。不同的节候，又有不同的落叶声。枫的干枯与梧桐的沙哑，以及松子的轻敲叮咚，都等待幽人去分辨细赏。

至于鸡在唱，蛙在鼓，杜鹃在说不如归去；猿在啼，蝉在吟，猫头鹰在做恐怖的播音；鱼在浪里泼剌，鸟在树中窜飞：这些地面的声音，姑且叫作"地籁"吧，哪一样不美？

还有里巷讴吟的小调，市场人车的熙攘，深巷久违了的按摩人的笛声，夜深粽子小贩的叫卖声，渡轮的汽笛，远方寺院的钟鼓，邻窗小女孩的琴音，情人的轻柔细语，以及偶然有个兴致勃勃的青年吹起的口哨声……这些姑且叫作"人籁"吧，如果时空情境调配得适当，都是极美的鸣奏曲。

至于风呜呜在回廊或楼顶叫吼，雷在酷热烦闷的时刻偏来隆隆几声霹雳，接着豪雨如注，哗啦哗啦雨脚在跳，屋檐上一阵铁马骤响，接着是雨后余沥的滴滴笃笃。哇，这些风雨霹雹，姑且叫作"天籁"吧。随着景色的丰绿或枯白，这大自然的大场面演奏曲，那旋律真是震撼心目。

我想起一位西哲梭罗曾说过："人类只有在精神比较健全的时候，才能听见蟋蟀的鸣声。"正道出了听觉的享受，乃是以健康的心理为基础的。整天在碌碌的风尘里匆匆于车马间的凡夫，心中塞满了鄙陋的念头，对自然圣洁的声音，总是粗心大意、充耳不闻的。天上的风声如此媚人，地上的水声如此媚人，人间的情语如此媚人，内心若没有灵气，根本感应不到。

我望着那流泉，它可以洗涤人间的尘垢；而人间万籁的和谐声调，也正洗刷着灵魂深处的尘垢。如果不懂得享受天上人间的万籁，这迟钝的生命必然是一个大大的错误。

嗅觉的享受

　　"爱庐"的清晨，我沿着山径漫步，两侧的柏树，散出浓烈的药香，做了几次深呼吸后，全身毛孔舒畅。再走到一排松树林下，又闻到芳郁的松香，我停住脚步，静下声息，贪婪地享用这微风中寄来的芬芳。此后我留心每一种草木，发现各有动人的气味，桂的烈、兰的芬之外，许多不知名的"微馥微熏"，都有着"养气摄灵"的奇妙感觉。

　　我不相信某人说的：中国人是一个嗅觉迟钝的民族，大粪缸家家千年依旧，臭豆腐风靡观光胜地。就算中国人也懂得熏香，但是三代的铜器只有吃东西实用的鼎爵，却没有生活品位的香炉，最古的焚香之器——汉代的博山炉——香炉的发明大概也是外国传来的……

我想起古代的皇后住的"椒房",已经懂得涂椒香于堂壁,又想起传说中西施遍体有异香,每次洗澡后的水,宫人都争取来洒在帷帐上,使满室生香。如果真有其事,那西施一定已有了秘制的香水。而传说荀令君到别人家里坐,一坐就"坐处三日香"。又传说贾氏与韩掾私通,韩掾身上染的香味久久不散,想来当时一定已发明了"香精"。后来中国家庭普遍流行香炉,所谓"朱火燃其中,青烟扬其间。从风入君怀,四坐莫不欢",中国人普遍惯于享受这氤氲的熏香,谁说中国人嗅觉迟钝?

我佩服古人董说,他对各种草木的异香,有着特殊的敏感,因而他在香的世界中,寻获了特殊的乐趣。他说:在炉上加点松针去蒸熏,就会听到瀑布声,阵阵松涛清风,足以消暑;加点柏子,就会恍惚间随着"飞天"上昆仑去,闯入仙人的境界;如加点菊花,就好像踩着落叶与霜花,进入古寺去;如加点蜡梅,好像抱着一个古质奥妙的商周鼎彝;加点兰花,就如在看山地部落的古画,有原始的野味;加点荔枝壳,就寒意全消,浑身温暖起来;加点橄榄,就像古琴奏鸣,妙得难以评价;加点蔷薇,就如秦观的儿女小词,觉得又柔又艳;加点橘叶,就像登上秋山去望远方;加点甘蔗,那就像大车高马，走进通邑大都，根本不知道什么叫"行路难"；加点薄荷，就感到孤舟在秋水里，上空有雁儿在南翔；加只梨子去蒸，那就像在春风中得意，什么借酒消愁，什么离愁别绪，全勾销了！

他这种主观的联想与品味，是否有人会生同感，还很难说，但我仍佩服他对每一种自然物的气味辨别，竟如此凝神与专注。懂得草木各自的异香，才能进一步认识草木各自的本性。草木的异香，就如同人性的灵慧，当你掐下任何一张草木的风茎露叶，嗅上一嗅，你才惊觉造物主在天地间布下了如此繁多的奇香，而我们竟忘了领略与享用。一天二十四小时，只有呼吸时刻未停，谁若是放弃了呼吸的享乐，生活的乐趣损失很大。何况董说讲过："养生不可无香。"在劳碌的红尘间，我们只追求钱财、名位，我挤你夺，整日做逐臭之夫，被忽略的东西真是太多，也太可惜了。

吃睡玩乐

　　日本的日产汽车公司，推出新的广告文案，只有四个大字：吃睡玩乐。居然效果奇佳，大受欢迎，因为这精要的四个字，紧紧抓住了这一代年轻人生活理想的全部："吃饱了就睡，睡醒了就玩乐。"也就是大画家高更所向往的大溪地生活乐园。

　　以前那种刻苦奋斗的克难精神，如何先苦后甘的创业故事，新新人类都斥之为"臭屁"。就算最后成就了事业又怎样？在他们眼里，大财团家庭里常传出丑闻，大官是以厚黑虚伪堆砌成高高的地位，富与贵原来如此，还是寻找自己的快乐时光吧，在这个饿死不容易的社会里，就追求三种原始的快乐吧。

玩乐意识高涨，是拜全球繁荣之赐。我在北美洲时常看到一对对眉目娟秀的年轻男女，衣服还算洁净，高兴时就赤着脚，或许还牵着大狼狗，在屋檐下蹲坐。有时也手编些东西在卖，许多路过的少年羡慕他们的浪漫，就丢钱祝福他们。他俩只要下一顿面包有了着落，就双双肩背睡袋往树林里去，一点也不以行乞为耻，还男欢女爱，谈笑自若，把"游乞"当作一面工作一面游戏吧！

玩乐思潮显然也影响了建筑，温哥华最近落成的公立图书馆，各项设备是世界顶尖的不在话下，已成为各国图书馆界观摩的好榜样。最令我讶异的是：全栋建筑的地基成圆形海螺卷旋状，大楼中心是读书借书处，而外延的螺壳展伸处居然小店林立，有麦当劳与其他饮食店、书店、音乐卡带店、纪念品店及游乐店。起先我佩服设计者很高明，营利居然能与读书并行不悖，小商店的租金收入想必已能维持图书馆的支出。继而一想，更加佩服，原来它是掌握了新一代的心理脉动：游戏与工作一体的价值观。读书不再是清高孤寂的工作，新一代向往的就是寓工作于玩乐，吃吃喝喝与看看书混在一起。省吃俭用专心读书的时代早已一去不返，难怪图书馆外人潮熙攘往来，和老式图书馆四周清清净净的景观完全不同。

其实在台湾，几乎所有的青少年，在读书用功时，都要放 CD 卡带，音量很大，坐在大声的音乐里看书写作业才爽。如果环境不允许放大声，就一个个戴上耳机，让耳壳里充满声音，自听自的，不然就无心读书的。像我们这些一心还在想找个清静角落才可以专心思考的人，早是古董级的父祖辈啦。原来新新人类一面以音乐来筑成藩篱围墙，高高耸起，以阻隔外界懒得听到的杂音，以成为私有的自我天地，一面认为既然工作，就要与玩乐结合为一体，不玩乐只工作，何等可怜无趣的上一代上二代！

玩乐的时代风潮既已如此，为父母、师长、主管的就要学习调适心态，必须懂得新人类向往"天生玩家"的心情，一切都要求宽松，而不是严格，凡事要带点弹性，才合乎人性化，一板一眼的认真，成了可笑的怪物。

所以为人父母者，如果只希望青少年研究计算机，却不准他们玩电动玩具，为人师长者，如果仍绷着脸教孩子"业精于勤荒于嬉""训俭示康"等古老教条，为企业主管者，如果仍不懂得让工作场所快乐舒适，多来来下午茶聊聊私事的新做法，还在陶醉想加班工作就可以让部属多赚加班费，这些父母、师长、经理，可能还停滞在自己成长的学生时代，穿制服、省吃用、没有娱乐、不准迟到的清道院的严肃生涯里，那时不是连男女生讲话都要记过的吗？那么不知不觉就和新新人类格格不入，与时代风潮背道而驰，而将被摒弃于咒骂声中了。风潮如此，感想如何？

栽树的联想

栽树犹如栽什么？西方人说：栽树就是栽船。栽了树就有桅杆，就有龙骨横梁，所以栽树就是栽横渡重洋的高舸巨艇。

栽树犹如栽什么？中国人说：栽树就是栽奴仆，栽了一千棵橘子树，就叫作"栽千头木奴"，木奴年年替你生产，苞筐盈满，颐养主人的晚年。

将栽树种竹纯然作为欣赏的雅人，只占极少数。栽树原本就是一种功利的行为。西方人重商，视为栽大船，大船制成，可以通商殖民，是从空间上开拓功利。中国人重农，视为栽木奴，木奴壮大，可以收成获利，是从时间上开拓功利。不过，中国人在此类题目上，常常会进入更深的一个层次去联想。

明代的吴敏，写过一篇《木奴传》，他认为橘子树在功利的观照下被压抑成奴才，十分无礼。橘树其实是仁人，是一个"木讷"的仁人，它不但结的果实性圆质美，是应该推荐到金门玉堂里去的贤才，连橘皮橘络，都是济世的医药，被人呼唤为木奴，它居然不发一言来争辩是非。《木奴传》中还赞美橘树餐风吸露，有神仙之风，绝不学桃树李树的趋炎附势。

吴敏的看法，并不是他独创的，中国人对一草一木的联想，都有源远流长的历史轨迹。唐代的张九龄在《感遇》诗中早就说："江南有丹橘。"它有岁寒不凋的贞心，经历冬天叶子仍是绿的，果实可以进荐给贵宾享用，所以大家何必一窝蜂去栽桃栽李，栽橘树一样会有绿荫的。

如果再追寻张九龄的联想源头，当然是沿袭屈原的《橘颂》而来。橘子有青黄斑斓的外表，花与籽都洁白，内在的美味又靠长期蕴积修炼而成，像一个"席珍待聘"的君子。皮既馨香，果又美味，更有着不随便迁移的本土性，像一个忠贞不贰的臣子。橘子树有如此特殊的想法，前后孕育了两三千年，难怪丹阳太守李衡开始把栽橘树叫"栽千头木奴"，只在衣食绢匹上盘算柑橘树，要受到后人的不满了。

栽橘树时，为什么老是排斥栽桃李树呢？种桃种李，本来也没有什么不好。唐朝人把"树桃李"比喻为荐拔人才。荐拔人才当然是件好事，只是后来人才被谁荐拔，就终身贴上谁的标签，列为谁的门墙，成为谁的羽翼，所谓"自为桃李公门后，不向春风更着花"。人才不效忠于国家，只效忠于某人，容易结成私党，才有"趋炎附势"的讽嘲，给人龌龊势利的观感。其实这是人心的偏私，制度的不臧，与桃李橘柚本身有什么相干呢？

橘树虽有玉液金衣的果实，桃李更有叠彩重绯的花朵，栽桃栽李和种橘树一样，有报恩主人的品格，夏有绿荫，秋有佳果，只要不种那些长成后无所成材，反而长刺伤人的蒺藜就好，所以至今"桃李满天下""春风桃李"仍然是栽培人才的赞美词。

中国人老喜欢将栽树联想为栽培人才，这也有了两三千年的历史了，管子说："一年之计，莫如树谷；十年之计，莫如树木；终身之计，莫如树人。"树谷是栽一次收获一次，树木是栽一次收获十次，树人是栽一次收获百次。而且，栽什么样的树，将有什么样的联想，往往赋以人的品格，作为典范或警惕。而我读西方文学，好像在栽树之中，就不见如此多的名目与深义，偶然对橡树特别肃然起敬，说橡树是树木的族长、田野里的君王、洪水的主宰等。希腊罗马以柏树象征死亡，英国古民歌以柳象征愁恨，都是偶一见之。要不然就像读莎士比亚，每次提到松树，总爱想到斧头伐木而已，不像中国文学里的一树一花，各有几千年丰厚高远的联想，你说，这不是挺精美吗？

种花人语

有人寒窗十年苦读，就为了金榜题名的一刻；有人守节抚孤一辈子，就为了儿女有出人头地的一天；有人爬了整日山，就为了在峰顶伫立十分钟。种花者也一样，所谓"种"，不是将花籽播入土中就算了事，而是用手用心殷勤去弄——松土，施肥，捉虫，剪裁，灌溉，结果是"弄花一年，看花十日"。只要有看花十日的成就感，自然忘了胼手胝足的一年劳苦，劳苦反成了甜蜜的回忆，加深了对短暂美好的珍惜。

所以赏花要及时，最好要终日静静地面对着爱它，爱它的色香气味，更爱它幽深处的精神。桂的清、莲的圣、兰的逸、菊的傲、梅的高雅、桃的热情……都是要当面就爱，不是只留个美好的回忆，到花谢的空枝上才去追思。"花开未解怜，枝空徒相忆"，就太辜负花期了。

也因此，赏花不能太匆促，种花的日子要忙要动，赏花的时刻要闲要静。种花的人自然明白，"养花功较赏花忙"。就像事业再忙的人，如果没有时间静下来享受那份成就感，忙的意义何在呢？所以袁宏道认为：静静地泡一壶茶赏花的是上等人，一面谈论一面评赏的是中等人，在花下喝酒喧闹的是下等人。不静不闲，哪里会有艺术美景？

种花的人都有超人的耐性，对着兰花说："花开真好不妨迟。"像兰花一般心契的知己不多，晚点开也不妨，付出漫长的等待也值得。对着菊花说："但能香到死，开晚亦何妨。"像菊花一般有志气的朋友不多，干枯后仍能馨香不散，晚点绽放于寒风中又何妨？尽管去尊敬它，对它要有信心。"不惜花开迟，惜此好颜色。"迟开的花犹如晚成的大器，没有理由不令种花者动心。

种花的人必有过人的敏感，他会感受到：离别多日的花圃，将是一片憔悴萎靡的花叶，待他归来，花容叶貌才恢复生气，花是懂得被关心的。在阳光强烈时不适合浇花，不然就会感受到花在颤抖。袁宏道不是还发明"浴花"吗？晨起用清泉喷得像微雨，花的神采会特别亮丽。执行"浴花"的人也得考究：梅花要隐士去浴，海棠要韵士去浴，牡丹要靓妆的少女去浴，菊花要饱读古书的奇士去浴……标格相称，光润就分外焕发。您想袁氏有多敏感。

种一园花其实也像对着一县的人民，建一个赏花亭子正像建县政府的衙门。哈，治理人民若抱着欣赏花的态度，细心呵护，信任他们，该多好！对每株花的特色与尊严，采包容与赞叹的方式，鸢紫藤红，自由平等，那么从种花里便领悟出"栽花如养民"的道理。

当然，如果是"王者之香""上林名花"，让他们委弃在凡花俗草的尘泥里，也十分不公平。有特殊杰出表现的，自适宜有特殊的培植，使人尽其才，才是真平等。种花人明白："名花自合加培植，莫使芳魂怨主人。"这才对了。

如果种的是仙人掌，荆棘丛里一样会冒出花来。满身的刺并不曾妨碍花，反而变成花的护卫。这就更相信"栽花如养民"的深意，世界上只要教化得好，并没有弃才，如此才是真爱花、真惜才。

种花的人看多了花开花谢，也掌握了花开花谢。"开已到十分，焉能常美好？"既然已尽心栽花，又能及时赏花，那就不必因花开而浪喜，不必因花落而空恼。抱着随缘感恩的心，来面对这些良友一般的天涯香草、胜国名花吧，她们竭力绽放的色泽精魂早就酬答了深心的相知，还有什么遗憾呢？

纵使有人泄气地抱怨"看花谁忆种花人"，也有人劝说，"数枝春红，只是要人明了'空'的意思"，更有人劝说，"花是愁种，不要向人间多播愁种"，但种花者年复一年，永不后悔，说什么"销尽凡心不种花"的消沉话呢？

赏花心情

春光明媚，又到了赏花的季节。以前不是没有心情，就是缺少闲暇，再不然就是根本不懂得赏花。现在爱庐中樱、梨、桃与杜鹃并开，千花万叶，成了众香国，回首"辜负名花已半生"，颇觉怅惘。

赏花首先要有心情，没有心情，连花都刺眼，如何能与桃李同笑？所谓："长安春暖百花开，无奈春心冷欲灰。纵有马头红杏色，此行非是看花来。"在名花荟萃的地方，马头行处，一片红杏，他却春心如涂灰，一点赏花的心情都没有。有景不能赏，也是个薄福的人！人生忙什么？永远忙不完。人生忧什么？永远忧不尽。我为这位诗人叹息，也为自己警惕！要学会毅然放下，及时看花去！

花要怎样品赏？大概可从形、色、韵三方面。前人认为形相上的美艳，与色泽上的红紫，都不是善于赏花者的重点。善于赏花的人，明白在形色之外，花是有韵的，要赏到"举止笑语，精神流露处"，才真是赏花。

晴日和风，红娇绿媚，那是色；萼绽而蕊肥，那是形；一定要能想象出"艳妆欲动，春恨无穷"才是韵。又譬如，幽色堪娱，紫茎可爱，那是色；半吐或全舒，那是形；如能感觉到"节励金风，姿妍玉露"才是韵。又譬如，芳苞烂漫，乍明乍暗，那是色；或开或谢，或纷或簇，那是形；而能体味出花也有表情，也有情谊，呼渴的娇态，惊风的娇颤，以及似送似迎的依依，那才是韵。重视"赏韵"而不重"赏色"，才善于赏花。

简单地说，是把花拟人化，寄以性灵，托以怀抱。好花像一位有好品格的朋友，有人体会出梅是清友，菊是逸友，桂是仙友，莲是净友。有人体会出海棠是闺友，桃李是芸窗友，丁香是素友，兰是幽友，蔷薇是野友，每一个朋友都有种特殊的令人仰望的品格。

赏韵之外，更重要的是要懂得珍惜，懂得凝视，懂得崇拜。菊花中净白而品雅的叫"冷香博士"，粉红品雅的叫

"醉西施"，小花超瓣银红色的叫"青云佳士"，又或者叫"鹅黄佛座""紫祥云""锦心绣口"，名称就带领你去珍惜，去崇拜。牡丹里的"万山积雪""雪塔""祥光罩玉""娇容三变"，都把花的幻情天趣欣赏得十分传神，而俯仰高下四面看来都绝美，还带点杨妃肤色的叫"四面观音"，更教人合十礼拜了。

花怎样开，怎样谢，也是多情人凝视的焦点。就牡丹而书，有的白花初开时淡绿像碧羽，渐放而绿色渐褪，叫作"绿放"；有逐层细开，渐渐圆足的叫作"文放"；有的花力极壮，没等花萼绽足，就迸裂而出的叫作"武放"。花开中竟有文武之道，想自己看花真是太粗心了！

赏花当然要选择人。大声疾唱吊嗓门的，整日笑闹吐口香糖的，敲锣打鼓放收音机的，拍了太多脂粉香水的，用乱竹尼龙绳在花栏上捆绑的，满身秽气谈尘俗中丑闻的，或是喜作一首歪诗俗诗的，都是赏花的杀手。真会赏花的，要离这些人越远越好。

野草的联想

听着推草机轧轧的声响，一个月响一次都嫌太慢，永远是剪了又长，长了又剪，有时候就在想：野草如果是菠菜该多好！一个月一次剪也剪不完。为什么菠菜圃中，一不经心，就长满野草？从来没有野草堆里，一不经心，长满菠菜的呢？

有人说，野草如果是稻子就更好，野草连野火来烧都烧不尽，春风一吹又绿油油一片。而稻子却长得好辛苦，灌水施肥，拔草杀虫，苦心的经营下，天时地利不对劲，未必能丰收。尽管如此，天仍没有让野草塞满天地，而使稻子绝种，在任令野草萋萋满眼的放任之中，苍苍的老天好像仍能区别这一粒仁爱的稻谷，是万民赖以活命的依凭，从蛮荒到文明，暗护着这艰辛的一脉。

"天心"为什么如此艰辛？如果野草就是稻禾，不更简便吗？稻禾遍地生得像野草般随意，那么老天就会担心把人类宠懒了，老天非但得不到人的赞美，说不定仍有许多喜欢指摘的人，会抱怨老天为什么不让稻谷除壳去糠，直接生一串香米即可，何必劳动人类去碾轧磨砻？

猜想老天给世界的设计是：蛮悍的野草有时也会走衰运，娇弱的稻禾菠菜有时也会走好运，什么时候衰，什么时候好，不由老天来决定，却交给农夫以勤劳的人力来战胜。这一种勤者享用、惰者无获的设计，也许就是"天心"的秘密吧？

"天心"对野草的设计，很容易联想到人类的社会中，野草是小人，嘉禾是君子。杜甫有一首除草诗，就把野草看作小人，说它的顽根最易滋蔓，长满了道旁，也占领了旧日的丘山，兰蕙想留下一片叶子都困难！杜甫目睹野草的为害，大声疾呼说："芒刺在我眼……艾夷不可阙。"

杜甫的凛然正气令人钦佩，然而他似乎忘了兰蕙要用心栽培也不容易繁茂，而荆棘却随地而生，拔心不死。上天给予野草的顽强生命力百倍于兰蕙，因此顽凶的小人，君子实在不是对手。在自然的竞赛里，君子自有短处，小人自有长处，君子只能用德来化，用量来容，而小人则无所不用其极。所以细读历史，君子与小人斗，小人总是赢，君子辛苦建立的一点基业，就像种蔬莳花一样，一不经心，就已芜平，野草已占满了园圃，成了"蕙叶亦难留"的野草世界。最可恨的是野草还不觉得自己是小人，而专认那些兰蕙嘉禾菠菜等异类才是小人！

然而"天心"也不是纯然如此悲观，就像苍苍者天明白稻子是天地的仁心，替它留下不绝的艰辛一脉，苍苍者天也替君子人留下不绝的艰辛一脉，那便是时刻要饿其体肤、劳其筋骨、苦其心志、增益其所不能的历程。艰辛的君子必须像勤劳的农夫一样，不断地"荷锄先童稚，日入仍讨求"，用加倍劳苦的奋斗，来对抗一停止努力就会爬上来覆盖一切的野草！

野菜开花结牡丹

儿时在江南水乡，看少女们划着木盆采红菱，边采边唱"野菜开花结牡丹"，那时只当是儿歌，野菜开野菜的花，牡丹结牡丹的蓓，是两件事吧。

有一天，这歌声又在记忆深处回荡，我忽然自问："野菜努力开花，尽自己的力做到最好，不就是牡丹吗？"就某一种"自我圆足"的观点看，野菜的一生也结出了牡丹。我把野菜与牡丹合成了一件事，但还不敢太自信。

后来读到清人沈谨学的《竹枝歌》：

谁遣人生会合难，鸳鸯一处不曾单。

但能郎意如侬意，野菜开花结牡丹。

啊！这句"野菜开花结牡丹"的民谣被直接用在诗中，真的是在说野菜一样能开出牡丹来，是一件事。就野菜而言，自身就是一个独立的小天地，它的花是独立单位中的顶尖，无可比拟，无须自卑。因为世上的任何一花一树，一水一石，都会耗去造物的大聪明、大本领，所以任何一朵野花，都是借着造化的全身力气，极尽其鬼斧神工的努力设计。你对任何一朵野菜花钟情，那野菜花就是牡丹，而细察其精美巧致，各具风韵，并不亚于代表富贵华丽的牡丹花。

推演"野菜开花结牡丹"的道理到男女婚姻上去，原来人生的可贵，就在懂得"快然自足"。任何一对小夫妻的恩爱，郎情妾意如胶漆缠绵，都不亚于天上神仙的眷侣；任何一对鸳鸯、一双蝴蝶的比翼并游，也都不亚于罗密欧朱丽叶的罗曼蒂克。就像任何一朵野菜花，自身的完足，都是一百分，不必羡慕身份特殊的牡丹。

一位如意郎君与一位有情少女的结合，人生的会合，说难可真难，说易也真易。如果双方能像鸳鸯那样，坚信一旦相处就不再单飞，时时鹣鲽情深，处处体贴如意，不求富贵，只爱多情，那么即使是野菜花一般平凡的婚姻，一样可以变成牡丹那样的金玉良缘。

这句歌谣，令我想起婚姻的"升值观"与"贬值观"来。才子佳人的珠联璧合，光彩太夺目的不过是虚构的小说情节，并不是普通人所能企及的。一般人你我所拥有的只是普通的婚姻，平凡的结合，但只要婚后在情感上认真学习，努力改进，把夫妻情感的浓度年年不降反升，原本七十分的婚姻，一样可以不断提升，升值为九十分、一百分，事到钟情处，都是冠军都是仙。如果婚后不努力，任其精神漂泊，心园荒芜，自大且老大，甚至偷情出轨，晚节不保，那么当年恩爱的浓情，才子佳人的形象，都成了虚情假意，婚姻也从一百分、九十分，贬值为二十分、零分了。有情人，把握平凡的婚姻，尽力做到最好，让野菜花也结出牡丹来吧。

风婆的芳名

"台风为什么上次叫贺伯,这次叫戴儿?"日前见某报上读者投书说,"为什么不叫李逵(黑旋风),不叫周处(三害之首),非取个洋名字不可呢?"

"大陆和香港已使用数字编号来称呼台风了。"他厌恶生活周遭充满着似是而非没有必要的英文,所以认为可以考虑《封神榜》的众神,或《水浒传》《三国演义》里的英雄来命名。他主张:"文化上、政治上如何独立于欧美之外?"

如此站在民族文化的立场,提出别具一格的想法,是挺可爱的。中国早就视风为神,且有风神名叫飞廉的说法。台风的名称,中国也取了几百个。古时把风大而烈的叫飓风,更大的叫台风。飓风的吹刮是倏发倏止的，而台风则可能连着日夜不停，稍有差别。中国的风名是依农历日期定的，在头三个月里，就有三十六飓风名，不便全录，录其中风势较大的是：

正月初四叫接神飓，初九叫玉皇飓，十三日叫关帝飓，廿九日叫乌狗飓。

二月二日叫白须飓。

三月三日叫上帝飓，十五日叫真人飓，廿三日叫马祖飓（雨特别多）。

四月以后名称更多，其中较大的如八日叫佛子飓。

五月五日叫屈原飓。

六月十二日叫彭祖飓，十八日叫彭婆飓，廿四日叫洗炊笼飓。

七月十五日叫鬼飓。

八月初一叫灶君飓，十五日叫魁星飓。

九月十六日叫张良飓，十九日叫观音飓。

十月十日叫水仙王飓，廿六日叫翁爹飓。

十一月廿七日叫普庵飓。

十二月廿四日叫送神飓，廿九日叫火盆飓。

在民间谚语里，或称之为风暴的。正月十八早春暴、二月二日落灯暴、二月十九观音暴、三月初三虾蟆暴、九月初九重阳暴、十月十五三官暴、十月廿日七巧落地暴、十月卅日犁脚星落地暴……都提醒渔民出海要记牢。

站在欣赏风名的立场，这些传统风名，也挺不错，较能接近这位读者以东方人物命名的提议。风名里提醒大家对菩萨、英雄生日或忌日的记忆，又富有民俗节庆的联想。四月八日是释迦生日，五月五日是屈原忌日，七月十五日鬼门关打开，所以叫鬼飓，八月十五日是秋闱考试的发榜日，所以叫魁星飓，——寓寄着浓郁的东方情调。

但是今天的气象观测已大大进步，初当大块噫气、乱云翻旋，台风在远洋形成时，气象卫星已经看到，还不知吹不吹来台湾，要不要就取中文名字呢？吹来台湾时又是几月几号？以日期推定风速的强弱，有多少准确性？台风若去而复返，连吹三天四夜又如何命名？且农历亦不易为邻近国家公认，所以此种命名法被淘汰也是必然的。

至于改用李逵、周处或《封神榜》里的李靖、玉皇大帝等，虽富民族色彩，但不易一望即知台风出没的先后次序。若改用一号二号，又觉得只剩干枯的机械号码，而少了些联想的趣味。雨师风伯，自来与鱼龙奋鬣联想在一起，黑云堕地，海水倒立，不带点神威的想象也可惜了。站在欣赏风名的立场，西方人将大西洋的飓风，都取希腊神话中的男神名，太平洋的台风，都取女神名，各依开头字母的顺序排列。裙边扫处，瓦飞木折，潮如排山，声挟鬼哭，既有进犯的顺序，又富天神的想象，且能令全世界气象统一命名，互通卫星信息，具有世界观，有什么不好呢？

也许你会说这有关全民生命财产的台风，还用欣赏的态度，不是幸灾乐祸吗？这里面得失很难单向论断的，面对着肆虐的雨公飓母，谁无悲天悯人的情怀？但是前几年台风多次过门不入，台湾干旱得水库见底，农田废耕，连日常饮水都发生大问题，谁不相信台风挟来的雨水是遍地洒黄金呢？日日晴朗虽然美，有风有雨也是生命的滋养剂，好几年不见风婆的倩影时，谁不在大旱中望云霓呀！

向水学习

地水火风，水是构成大千世界的要素之一，随处展现在眼前。有时水流动，有时水停蓄，老子看了就说："最妙的就是水，它简直就是道！"孔子看水也激动得大叫："水哉！水哉！"表示他内心美妙得难以形容的赞叹。

古人对水为什么如此崇拜？是发现水有哪些德行？望着天天见面的水，该学习哪些方面呢？

水供应万物是普遍而无私的。有了水，万物才生长；有了水，国家才安宁。水有利于万物，却不与万物争利，最有德行。

水处在大家厌恶的地下，一切污秽丢向它，它都默默承受。尽管是废水污水，它总要努力净化污秽成为洁美，它像善于教化的老师。

水有"去盈就卑"的性格。水愈大，处的地位愈低。海处在最卑下的位置，百川都归向它，它像一个有道而修养深邃的哲人，也像最重义气的"老大"。

水在悬崖绝壁上奔腾而下，跌落再深的坑谷，也不回顾，像果决于赴难的英雄，不畏粉身碎骨，真勇敢。

水流过去，不管有坑洞，有高陂，最后汪洋万里都安于一律平等，像法律。

水最柔弱，但持之以恒，竟滴水穿石。水缘着一定的理走，再小的地方也不放过，何处有隙缝，水就浸润透达。它明察细微，像一个智者。

千萦万折的水，不改变归于东向的决心，历险致远，就像不可劫夺的志向。

水遇到堤防障碍，就安于规范，即刻把自己清静下来，仿佛随遇而安，像一个乐天知命的人。

滚滚的水是先流满一个坑洞再前进的，所谓"盈科而后进"，就像君子人要循序渐进，不愿躐等。

水要有源头才不枯竭，盗一时虚声浮名的人，像大雨满集在沟浍中的水，没多久就枯竭了。

水是最清澈，最能辨别美丑的，然而它广照万物，不分美丑，无物不照，心胸是十分宽容的。

水动的时候，有喷薄的景观，有汹涌的形势。凝凝然静下来，又可以水天一色，波平如镜。无论动或静，水绝不止于外表的美观，而有君子般"可乐"的内涵，它那"周流无滞"的作风，像一个通达事理的智者，所以说智者乐水。

综合而言，沐浴众生，泽及万物，水最仁慈；扬清激浊，涤荡污垢，水最义气；柔而难犯，弱而克刚，水最勇猛；疏通江河，自戒盈满，而流于谦卑，水最智慧。水的德行如此，能不向水学习？

孔子在川上，忽然有所领悟，说了一句："逝者如斯夫，不舍昼夜！"孔子在想什么？丢下一个谜团给人猜？

有人说：水洸洸然就像"道"的无穷无尽呀！

有人说：流水一刻不停地逝去，如同时间的流逝，时间虽然无穷，但人生却是有涯的，生命只是个泡影，所以，要造就自己，孝顺父母，都要及时啊！

有人又说：孔子是在唤醒君子人自强不息，昼夜不能稍息，像水不达到海，就绝不改变"万折而必东"的志向。不要像沼沚的水，无法行远；不要像途潦之水，无法持久；不

要像横流的水，失其所归。要学习不舍昼夜的川流，梦着大
海，自强不息，才对。

拜动物为师

　　中国人觉得：万物都是人类之师。而学养深厚的哲人，更可用不寻常的眼光透视寻常的事物：从飞禽的一啄一饮中，悟出抽象哲思的类似点；从水族的曳尾泳游中，悟出千秋史事的类似点。一经慧心观照，即发现生物与人类有着共通的命运，从而寄予无限的感喟与同情，并作为处世立身的参考。

　　相传朱熹的《警世语四绝句》，就是值得玩味的动物启示录：

　　雀啄复四顾，燕寝无二心。量大福也大，机深祸亦深。

麻雀一面啄食，一面警惕四顾，充满着狐疑的心机；而燕子则坦然栖宿梁上，认定了主人，就一心一意托福于主人，没有第二条心。结果麻雀整日唧啾不息，没一刻可以安心，没一处可以安身，随时有弓弹网罗的祸事。而燕子则不须盘算，只讲信任，以一副笔直的心肠与人相处，夜夜香梦稳睡，双舞并栖，像一对幸福的夫妻。

朱熹从这心思迂曲、张皇四顾的小雀生涯中，领悟出机心愈深沉，祸事愈深重。又从观察紫燕安然巢栖于画栋，带给主人富贵福气的瑞兆，领悟出气量大者福分也大的道理。可见人生祸福的前途，只要自问心地的曲直宽狭如何，就可以自己明白了。

耕牛无宿草，仓鼠有余粮。万事分已定，浮生空自忙。

要人安分是不容易的，每个人的愿望无边无际，而所得却有涯有限，所以愤懑的人必居多数。如果能想一想，辛劳十分的耕牛，偏是工作一天才有一天的粮草，而肥硕的仓库老鼠，偏有永远吃不完的米粮，耕牛如果因而愤愤不平，不肯再尽本分，也贪图不劳而获，就必然有不安分的灾祸。

况且同样是鼠，也还有吃粪便的"厕鼠"，与吃白米的

"仓鼠"命运不同。仓鼠天生好命,连厕鼠都无从羡慕起,何况是耕牛呢?耕牛最好是安分,安分就是安命。唯有懂得凡事有定分,就不再有越轨的举措;唯有懂得人人要安命,就不再有非分的妄想。上天安排你是耕牛还是仓鼠,就要安命,你不能硬闯不属于你的世界。人到了五十岁就渐渐懂得天命,回顾不肯安命安分的前半生,往往只是白忙一场!

翠死因毛贵,龟亡为壳灵。不如无用物,安乐过平生。

凡是一物的特殊长处,也常常就是此物致命的害处。翡翠鸟的死,是由于背上有彩羽,为世间美人所喜爱,王公家要取来做妇人的首饰。红襟翠翰,柔媚旖旎,以至于"一羽值千金",这正成了翠鸟被杀身的祸因。陈子昂也为翠鸟饮恨:"多材信为累,叹息此珍禽!"才能太多常常变成一生的拖累。

而乌龟被认为有先知决疑的本事,愈有预告祯祥的灵迹,愈有被刳肠灼壳的忧患,别人要知道吉凶,就要你来献身。想想大蚌也因孕育明珠而被敲裂,鹦鹉因为口才太好被锁在轩槛上,大熊因为有掌,犀牛因为有角,而遭格杀。韩信、彭越也是因为有过人的才能而惨遭屠戮,不如无用的庸才，反而安乐、平安地度过平生。

　　鹊噪未为吉，鸦鸣岂是凶？人间凶与吉，不在鸟音中。

　　鹊又名喜鹊。相传喜鹊噪叫，是远方行人到来的瑞兆，乃是向香闺报喜讯的吉祥声音。而乌鸦则相反，叫声难听，是不祥的预告，所以是惹人厌的乌鸦嘴。

　　这种俗世的说法，不知缘起于中国，还是印度。《大藏经》里有不少鸟叫耳鸣吉凶时日等，来占察善恶业报的佛书。朱熹对这些迷信一概不信，他认为万物万理均源于天理，鹊吉鸦凶，并不合天理，人间的吉凶不在鸟音之中，而是掌握于自己的心田。居敬穷理，总是吉，正心诚意，哪会凶？人必须相信自己，站得正，行得正，必然是吉，不必管什么鸟在叫的。

梅花胜牡丹

　　牡丹花十分浓艳，花朵大而复瓣多，光彩明艳照人，在唐朝人喜爱肥胖的审美眼光看来，真是"名花倾国两相欢"。牡丹像杨贵妃那样在春风中得意，惹人笑眼相看，它遂有"花中之王"的雅号，引来"花开花落二十日，一城之人皆若狂"的流行热潮。

　　其实牡丹花第一个缺点是没有香味。缺少香的花就像缺少灵慧的美女，只能作平面色彩的欣赏，而无法作立体熏染的融合。明人曾异就批评道："牡丹有艳而无香，蔷薇虽香多刺芒。有色有香又堪把，不知何品足相当？"有色有香又可以把玩赏心的，当然是梅花！

牡丹的第二个缺点是不能结籽。花开得太盛了，所谓
"夸多斗靡，逞一时之艳"，只顾将自身的花开到了极点，
便阉割掉下一代的果实，这也是造物者的巧安排与大惩罚。
所以宋代的大哲学家邵康节就讨厌牡丹，批评道："牡丹百
品红与紫，华而不实徒纷纭。"牡丹徒有其表，华而不实，
缺乏内容与深度，哪里能和梅花相比！

牡丹蹿红于重情感的唐代，徐凝诗说："三条九陌花时
节，万户千车看牡丹。"牡丹是流行与热闹的偶像。柳浑诗
说："近来无奈牡丹何，数十千钱买一窠。"牡丹更是金钱
与权势的象征。所以到了重理智省思的宋代，牡丹就被思
想家厌恶，"人间第一花"早就被梅花所取代，高士林逋那
"暗香疏影、半树横枝"的句子，赢得人人喜爱，自此以
后，诗人为梅作"百咏"，画家为梅画"百品"，艺术家无
论爱梅与否，无不借梅以自重，自称有"梅癖"的更是比比
皆是。

宋朝人透过理性的梳理，更发现果实中的"仁"，就是
"天地的心"，不得天地的心就不能结籽。牡丹花在理学家
眼中，乃是"极盛难继，其仁亡也"，不得天地的仁心，如
何能结籽？大儒周濂溪也是看不起牡丹的一个。

何况牡丹只能在春风中炫耀她"千金不卖"的烂漫，何

尝有冲寒犯雪、冰姿绰约的品格？每当严冷苦寒的季节，梅花却独自绽放。宋儒程子发现重阴之中，阳气寻求突破，这"一阳复于下，乃天地万物之心"。梅花在极阴的时令中代表着阳气的剥复循环，带领着新春，寒香婉转地冲来，在夐绝的寒荒中，绽放这一点神奇。明末大儒王夫之特别赏识梅花的忧患苦心，认定这就是天地之心，他写梅花为"月苦云深天地心"。